*»Eine messerscharfe Analyse von politischer Macht und
Korruption – literarisch überzeugend.«*
ANTON KNITTEL, LITERATURHAUS HEILBRONN

Oliver Diggelmann, 1967 in Bern geboren, ist Jurist und
lebt in Zürich. Bei Klöpfer & Meyer erschien 2017 sein
sehr gelobtes Romandebüt *Maiwald*.

OLIVER DIGGELMANN
DIE LICHTER VON BUDAPEST

ROMAN

KRÖNEREDITION**KLÖPFER**

Oliver Diggelmann
Die Lichter von Budapest
Roman

1. Auflage
in der Edition Klöpfer
Stuttgart, Kröner 2023
ISBN: 978-3-520-76901-5

Autor und Verlag danken der Stadt Zürich
für die freundliche Unterstützung

Umschlaggestaltung Denis Krnjaić

unter Verwendung eines Fotos von Daniel Olah, unsplash.com

How can we know
the dancer from the dance?

W.B. YEATS

Erster Teil

Németh gab mir vom ersten Moment an das ungute Gefühl, der zu sein, der ich bin.

»Es ist mir eine Ehre«, sagte ich vorsichtig, als er mir auf meiner Vorstellungsrunde die Tür öffnete, »Sie persönlich kennenzulernen. Sie sind ja gewissermaßen ein Stück ungarische Geschichte …«

Der Mann, von dem alle im Palais mit Respekt sprachen, trat nahe an mich heran. Der Moder alter Kleider stieg mir in die Nase. Ich sah die Flecken auf seiner Stirn.

»Gute ungarische Geschichte natürlich«, fügte ich eilig hinzu.

Er schaute mir ins Gesicht und verzog keine Miene. Seine blauen Augen waren wässrig und klug.

»Gute ungarische Geschichte – wie kommen Sie darauf?«

Sein Blick war noch etwas feindseliger geworden. Er fuhr sich mit der Zunge über die Lippen, wandte sich ab und ging zu einem hohen Regal, zog ein Buch heraus und begann im Stehen zu lesen.

»Sonst noch etwas?«, fragte er nach einer Weile ohne aufzublicken.

Ich blieb im Türrahmen stehen. Bei ihm konnte ich mir den Sermon sparen, den ich mir für meine Runde zurechtgelegt hatte. Wir hätten als Kinder den Geschichten der Sechsundfünfziger-Flüchtlinge gelauscht, von fiebrigen Entschlüssen, alles zurückzulassen, und der Atemlosigkeit beim Grenzübertritt.

Das war vor einem Dreivierteljahr. Sophie und ich waren gerade nach Budapest gekommen, wo sie für die Zweigniederlassung der internationalen Kanzlei Dillon & Dillon arbeitet. Ich hoffte, für uns würde hier eine neue Zeitrechnung beginnen. Bei der ersten Begegnung mit Németh ahnte ich bereits, dass mir seine Augen nicht aus dem Sinn gehen würden. Dieser Mann ist zu Härte fähig, dachte ich, von der er selbst, wenn die Gerüchte stimmten, die im Palais über ihn kursierten, mehr als genug erfahren hatte. Weder das Alter noch der bescheidene späte Ruhm hatten Németh milde gestimmt. In seinem Gesicht war nicht die Spur eines Einverständnisses mit dem Leben, wie es gelaufen war.

Sein Vergehen soll darin bestanden haben, dass er Berichte nicht schrieb, die sie von ihm verlangt hatten. Als jungem Historiker. Er sollte Kollegen und Familienmitglieder aushorchen. Er lieferte eine Weile wenig und dann gar nichts mehr. Németh musste ins Gefängnis, für sechs Monate. Weit schlimmer aber traf ihn das Berufsverbot. Sie schickten ihn als Bibliothekar in die Provinz nach Pécs, ins Referat Architektur der Stadtbibliothek. Er arbeitete sich in winzigen Schritten zum Leiter empor und erwarb sich mit Vorträgen und kleinen Veröffentlichungen im Laufe der Zeit den Ruf eines Experten für ungarische Städtebaugeschichte.

Seine großen Auftritte, selbst auf internationalen Konferenzen, kamen aber zu spät. Sie konnten die Zeit nicht mehr zurückdrehen. Den hoffnungsvollen jungen Mann, der er einmal gewesen sein muss und als den ich ihn mir manchmal vorstelle, wenn ich ihm begegne, gab es nicht mehr. Wie er wohl aussah, damals als Student, lesend im Hungária? Und dieser Mann, der nur durch mich hindurchblickt, wenn er mich sieht, ist das Aushängeschild unserer merkwürdigen Akademie. Sie haben sie vor wenigen Jahren aufs Millennium hin gegründet. Als ein Zeichen des Aufbruchs. Sie nennt sich nicht ohne Stolz ›Akademie für Diplomatie der Republik Ungarn‹. Für wenige Forint biete ich hier ein paar Englischkurse an. Hier bringen sie die unter, denen sie etwas schulden, wie Németh. Und die, die für jemanden Wichtigen wichtig sind, wie ich. Am Haupttor prangt ein riesiges Messingschild mit ungarischem Doppelkreuz.

»Einen schönen Abend«, sagte Németh vor wenigen Minuten, als ich aus dem Lift in den Hof hinaustrat. Ein erstes Zeichen der Freundlichkeit überhaupt, seit ich hier bin. Das ihm wohl aus Versehen über die Lippen gerutscht ist. Ich habe mich sofort umgedreht. Er starrte bereits wieder auf den Fußboden.

Jetzt ist es zwanzig vor sieben. Die Metro ist von Weitem zu hören. Sie bringt mich zu Sophies Empfang, vielleicht meinem letzten hier. Wo hat ihre Kanzlei all das Geld für die vielen Empfänge her? Bleiben bei jedem ein paar neue Klienten hängen? Von der Plakatwand auf der anderen Seite des Gleises lächelt eine dunkelhaarige Schöne, die in die ungarische Flagge gehüllt ist und sich die makellose Hand vor die große Brust hält. Schmale Finger. Wie die von Sophie.

9

»Am 14. November ›Nationale Erneuerung‹«.

Beim Einsteigen befällt mich eine angenehme Müdigkeit. Wie lange werde ich wohl noch in dieser Stadt sein? In der die Denkmäler noch etwas mehr lügen als anderswo und in der die Sonne nachts heller scheint als am Tag. In der die Beamten in der Poststelle hinter zugezogenen Vorhängen leise lachen, als errieten sie meine Gedanken. Und in der mir die Nachbarin selbstgebrannten Pálinka vor die Türe stellt. Wie rasch mir alles vertraut geworden ist.

Was wäre die Zeit hier gewesen ohne Castro? Meinen alten Freund aus England, der sich hier um mich gekümmert hat, während es mit Sophie und mir ganz langsam immer weiter abwärts ging. Ohne den einen Abend vor drei Monaten, an dem er mich in die Villa Nikolett oben auf dem Rosenhügel mitgenommen hat? Die paar Stunden alleine waren die Zeit hier wert. Fest und Theater und Konzert zugleich, die singende Hausherrin mit ihren langen Handschuhen neben einem Flügel und all die jungen und nicht mehr so jungen Frauen und Männer, die sich hinter ihr zur Musik wiegten. Auf den Regalen goldene Engel, die zum Himmel zeigten.

»Du bist nicht von hier«, sagte am späten Abend eine Frau mit tiefem Dekolleté und rundem Gesicht. Sie erzählte mir, die junge Nikolett habe die Villa vor ein paar Jahren von ihrem Vater übernommen. Er hatte in den Siebzigern die Theatersäle der Stadt gefüllt. »Man stand Schlange für seine beißenden Sätze«, sagte die Frau, »und als man ihrem Vater in den frühen Neunzigern das Theater wegnahm, ließ man ihm zum Glück noch die Villa auf dem Rosenhügel.«

Die Theaterleute von gestern trafen sich nun hier oben. Und all die anderen Künstler, die eben noch im Sold des Sozialismus gestanden hatten. Die jungen Frauen kamen wegen der großen Namen, und wegen der Maler, bei denen sie Modell zu sitzen hofften. »Drei Stunden im obersten Stock«, flüsterte mir das runde Gesicht ins Ohr, »dann kamen sie meist wieder herunter. Nicht selten eine nackt. Sie rochen nach Ölfarbe und Terpentin und spielten Fangball mit dem Augenblick.« Sie lächelte. »Noch immer kommen viele von damals«, fügte sie an, »und auch Junge, die wissen, was hier einmal war.«

Dort finden andere und besser von der Geschichte Betrogene Zuflucht als Németh. Als ich nach Hause gekommen war, weit nach Mitternacht, hatte Sophie bereits tief geschlafen.

★

Sophie weiß nicht, dass ich es weiß. So bleibt mir noch etwas Zeit. Ich hänge an der schmalen Illusion, unser Ende selbst bestimmen zu können. Deshalb gehe ich jetzt zu diesem Empfang, irgendwo zwischen Oktogon und Heldenplatz. Unser Ende begann im vergangenen Herbst mit einem Satz, der nicht für meine Ohren bestimmt war. Die Schlafzimmertür stand einen Spaltbreit offen, ich lag wach im Bett, sie sprach gedämpft mit ihrer Freundin am Telefon.

»Dann würde ich vermutlich gehen«, sagte sie.

In den nächsten Tagen versuchte ich, den Satz zu vergessen, doch der Flüsterton verfolgte mich. Kurz darauf eröffnete sie mir, Dillon & Dillon schicke sie für ein paar Jahre in die Niederlassung Budapest. Gemeinsam mit Colin, dessen Name ein paarmal gefallen war. Sie brauchten dort Spezialisten für europäisches Vergaberecht, öffentliche Aufträge, ein Gebiet mit vielen Fallstricken. Sophie hatte zwei spektakuläre Prozesse gewonnen und eine Reihe kleiner Beiträge in Fachzeitschriften veröffentlicht. Sie sagte, ich könne mitkommen, wenn ich wolle. So formulierte sie es. Das Leben in der Fremde, hatte ich gelesen, schweiße zusammen, oder es werfe ein derart grelles Licht auf die Risse, dass die Dinge ihren natürlichen Lauf nähmen. Meist den richtigen. Ich sagte, ich wolle, natürlich.

Ich müsste wütend sein auf sie. Wie jeder Betrogene. Nicht einmal dazu bin ich fähig. In Wahrheit verstehe ich sie. Sie hat mich all die Jahre mitgeschleppt, und ich weiß nicht, wo ich ohne sie wäre. Ob ich überhaupt wäre. Ihr Vater wird einfühlsame und tröstende Worte für sie finden. Er wird sich insgeheim beglückwünschen.

Es müsste das Haus nach der Hecke sein. Hinter der eben ein Mann im Anzug verschwunden ist. Eine Villa mit breiter Zufahrt, sie gehöre ebenfalls der Kanzlei, sagt Sophie. Den Eingang säumen zierliche Säulen. Wie bei der Villa Nikolett, vielleicht derselbe Architekt. Warum hat Castro meine gelegentlichen Bemerkungen, vielleicht könnten wir noch einmal hinfahren, alle übergangen? An dem Juliabend vor drei Monaten, als er mich mitgenommen hat, ist er viel zu schnell durch die Einfahrt gefahren. Eine Staubwolke stieg hinter uns auf, und auf einmal habe ich die nackten Kleiderständer am Wegrand gesehen, wie Skelette im Schatten hoher Bäume. Auf dem Rasen standen Gipsbüsten, unzählige kleine und ein paar große. Leute mit Sektgläsern in der Hand unterhielten sich auf dem Vorplatz.

»Name!«, herrscht mich ein Uniformierter an. Ich zucke zusammen.

»Barnsteiner, Anatol.«

Der Mann beugt sich über eine Liste, blickt mich prüfend an und winkt mich durch. Während ich die Treppe hochsteige, ertappe ich mich bei der Hoffnung, Laci anzutreffen. Den breitbeinigen Hüfteinstützer, wie Sophie ihn seit unserer Ankunft nennt.

»Intelligent zwar, ein gutes Gedächtnis«, sagt sie, »aber nicht zu ertragen.«

Vor ein paar Wochen hat die Kanzlei ihm eröffnet, die gemeinsame Zeit gerate an ihr Ende. Nicht alle könnten Partner werden, haben sie ihm gesagt, er solle es nicht persönlich nehmen. Mich hat er gerührt, als ich ihn bei einem Empfang zum ersten Mal sah. Sophie fiel ein Fleischbällchen vom Teller, es rollte unters Buffet, Laci kroch hinterher. Als nur noch sein Hinterteil unter dem Tischtuch hervorschaute, grinsten alle.

Laci steht tatsächlich alleine an einem Stehtischchen unter einem Kronleuchter. Er winkt, als er mich sieht.

»Hüfteinstützer«, sagt Sophie, »bleiben ihr Leben lang die kleinen Chefs. Die großen sprechen mit leiser Stimme, sparsame Gesten, den Blick nach innen gerichtet.«

Ich sollte es Laci sagen. Aus den erträumten Jahren in einer Zweigniederlassung auf einem anderen Kontinent wird für ihn nichts werden. Entsendungen nach New York oder Brisbane, oder ins Headquarter nach Chicago, sind denen vorbehalten, denen die Zukunft gehört, den Sophies und Colins, die die Spielregeln begreifen, ohne dass jemand sie ihnen erklärt. Was aus Sophie geworden wäre, wenn sie bei der Staatsanwaltschaft geblieben wäre? Sie wollte Staatsanwältin werden. Ihr Vater hat sie gedrängt, in seine Kanzlei einzutreten, Staatsdienst sei etwas für Mittelmäßige. Später hat sie sich, auf seine Empfehlung hin, bei Dillon & Dillon beworben. Ein paar Jahre Erfahrung in einer weltweit tätigen Kanzlei würden sie weiterbringen.

»Was lachst du?«, fragt Laci, während ich auf ihn zugehe.

»Der Grund für meine gute Laune bist du, Laci.«

Sein Blick irrt durch den Saal, auf der Suche nach wichtigeren Gesprächspartnern.

»Du bist ein schlechter Lügner, Anatol. Du heißt doch Anatol, nicht?«

Ich greife mir eine Pogácsa aus dem Korb auf dem Tischchen.

»Ein richtiger Ungar schon, Anatol, nach so kurzer Zeit!«

Laci reicht mir seine fleischige Hand.

»Suchst du Sophie?«

Weiß er etwas?

»Sophie und ich wollten uns hier treffen. Ich konnte nicht sagen, wann ich von der Akademie loskann.«

Er lächelt. Er weiß es. Wissen es am Ende, verdammt nochmal, alle hier?

»Wie läuft es bei dir, Laci, in der Kanzlei und sonst?«

»Schwierige Zeiten«, er macht eine wegwerfende Handbewegung, »vielleicht hast du davon gehört.«

Ich schüttle den Kopf.

»Sie haben mir gekündigt. Aus heiterem Himmel.«

Ich klopfe ihm auf die Schulter.

»Vörösbor!«, ruft er einer Serviererin zu.

Sekunden später stehen zwei randvolle Gläser Rotwein vor uns.

»Stierblut, auf uns Stiere! Und Ungarns Weiber, Anatol!«

Ich blicke mich vorsichtig um. Niemand im Saal, der sich langsam füllt, nimmt von uns Notiz. Auf einmal dringt Horváths schnarrende Stimme an unsere Ohren. Er bittet alle auf die Terrasse hinaus. Wir schauen den Gästen zu, wie sie durch die schmale Tür nach draußen drängen. Laci blickt ihnen finster hinterher.

»Gleich wird Horváth über den unsterblichen Ruhm von Dillon & Dillon sprechen. Er spricht immer über den unsterblichen Ruhm von Dillon & Dillon …«

Abgesehen vom Servicepersonal sind wir bald die einzigen im Saal Verbliebenen. Sophie habe ich noch immer nicht gesehen. Colin auch nicht.

»Magst du ihn dir nicht anhören, Laci?«

»Weißt du, Anatol, ich habe alles getan für diese Kanzlei. Ich habe mir den Arsch aufgerissen für das ganze Leben hier, das Geld, die Leute, die Mädchen. Jetzt schicken sie mich in die Wüste, verstehst du das?«

Ich fühle mich schlecht. Laci meiden, lautete ihre Instruktion. *Never get involved with frustrated people.* Solche Lebensweisheiten haben in unserem Leben Einzug gehalten, seit sie Dillon & Dillon beigetreten ist. *If you can't stand the heat, get out of the kitchen.* Früher hat sie gegrinst über *anyway people*, und über Leute, die aus dem Ausland *for good* zurückkamen. Ich weiß vor jedem Empfang, wer interessant ist und welches Thema zu meiden. Was dezent zu erwähnen ist und was unbedingt. Das Praktikum in Brüssel natürlich, und das bei der UNO in Wien. Als ob einem entgehen könnte, was hier zählt.

Bei der Kleidung habe ich Sophies Anweisungen immer befolgt. Anzug und Hemd, das muss zu solchen Anlässen sein. Ich wollte für sie nicht zum Risiko werden. Natürlich bin ich längst eines. Eine Zeitlang habe ich mich vor der Einsicht gedrückt, doch als sie mich auf dem Kanzleiausflug auf der Donau als Englischdozenten mit eigener Dolmetscheragentur vorgestellt hat, bin ich Getränke holen gegangen. Meine paar Übersetzungsaufträge für Gebrauchsanweisungen waren zum blühenden Geschäft geworden, und die kümmerlichen Kurse an der ›Akademie für Diplomatie der Republik Ungarn‹ zur Dozentur. Verschafft hat mir die Kurse Horváth. Der draußen so laut redet, dass man ihn drinnen gut versteht.

Sophie hatte ihm von zu Hause aus geschrieben, ob er in Ungarn vielleicht eine Arbeit für einen Übersetzer wisse. Ihren Freund, der sie begleite, sehr talentiert. Zwei Tage später hatte Horváth den Link zur Akademie geschickt.

»Er soll sich beim Kanzler melden und ihn herzlich von mir grüßen.«

Lacis Augen folgen einer großgewachsenen Serviererin, die es eilig hat fortzukommen.

»Du hast alles gegeben, Laci. Die großkotzige Kanzlei und du, ihr passt einfach nicht zusammen. Dich nehmen sie an anderen Orten mit Handkuss. Was wirst du machen, wenn dies hier vorbei ist?«

Er senkt den Blick.

»Ich weiß es nicht.«

Die Gäste strömen wieder herein. Niemand stellt sich zu uns.

»Dieser ganze korrupte Haufen«, bricht es auf einmal aus ihm heraus, »kann mir für immer gestohlen bleiben!«

Mehrere Gesichter wenden sich uns zu.

»Warum korrupt, Laci? Du hast für die angesehenste Kanzlei des Landes gearbeitet und tust es noch immer.«

Die Serviererin von vorhin stellt fein geschnittene Paprika auf unseren Tisch. Laci greift nach ihrer Hand. Sie ist schneller.

»Kata!«

Sie geht davon und stützt die Hand in die Hüfte.

»Wir sind durstig, Kata. Bring uns Unicum! Bitte, ich brauche dich ...«

Sie dreht sich um und verdreht die Augen. In dem Moment sehe ich Sophie. Sie verschwindet im kleinen Saal nebenan, gefolgt von Colin und Anne. Die sich bei ihm untergehakt hat. Ahnungslos.

Laci versetzt mir mit dem Ellbogen einen Stoß.

»Sag mal, bist du eigentlich schwul, Anatol?«

★

Laci lässt in kleinen Stößen Luft durch die Lippen entweichen.

»Seid ihr denn ... verheiratet?«

»Verheiratet nicht. Aber wir haben eine lange gemeinsame Geschichte.«

»Ich könnte das nicht«, sagt er zögernd, »du stehst hier, und sie geht an dir vorbei.«

»Sie hat uns nicht gesehen.«

Er hebt die Augenbrauen. Jeder von uns beiden denkt, der andere sei das arme Schwein. Sophie, Colin und Anne stellen sich in die Schlange vor dem Buffet. Sophie scherzt mit einem Koch, während Colin Anne auf den Nacken küsst. Er fährt ihr mit den Händen über die nackten Oberarme. Genau wie an dem Abend, als die beiden bei uns waren, noch vor der Abreise. Sophie wollte sie unbedingt einladen, schließlich würden wir in Budapest zur Schicksalsgemeinschaft. Colin sei gelegentlich etwas laut, hatte sie gesagt, aber ein zuverlässiger Kollege. Ein sehr guter Anwalt, als Mann uninteressant. Er trug einen gelben Pullover und lobte Sophie für ihr Kleid und ihren Geschmack.

Sophie blickt zu uns herüber, bedeutet mir mit einer Handbewegung, zu ihr herüberzukommen. Sie zeigt auf die Schlange vor sich.

»Sophie scheint in der Kanzlei gut Tritt gefasst zu haben, Laci.«

Er legt mir erneut den Arm um die Schulter.

»Weißt du eigentlich, was deine Sophie hier den ganzen Tag lang so macht?«

Zwei Frauen gehen mit einer Magnumflasche Champagner von Tisch zu Tisch, Laci winkt sie herbei.

»Mann, Anatol, ich will hier nicht weg.«

Er trinkt seinen Unicum aus und lässt sich Champagner reichen.

»Du könntest ruhig auch etwas trinken, Anatol. Wir haben beide nicht mehr viel zu verlieren.«

»Was macht ›meine Sophie‹ denn den ganzen Tag so?«

»Du weißt es wirklich nicht?«

Er blickt mich erstaunt an, belustigt?

»Öffentliche Beschaffungen, Aufträge von Städten und Gemeinden ausschreiben. Sie formuliert die Ausschreibungen. Deshalb hat man sie und den anderen ja geholt.«

»Du bist wirklich schwul, Anatol …«

»Wie meinst du das?«

Pallagi, Horváths rechte Hand, geht an uns vorbei. Er nickt mir freundlich zu. Weiß es auch er?

»Unser Litigator, Anatol.«

»Du wolltest mir von Sophies Arbeit erzählen, Laci.«

Er fixiert sein Glas.

»Man hat sie doch für die Ausschreibungen geholt, die öffentlichen Beschaffungen … oder nicht?«

Laci greift sich die Champagnerflasche vom Nachbartisch, gießt uns nochmals ein.

»Beschaffen kommt der Sache nahe. Gesundheit!«

Er trinkt in zwei Zügen aus.

»Weshalb braucht die Kanzlei wohl Experten für EU-Vergaberecht, Anatol? So kurz nach dem ungarischen

EU-Beitritt, wenn die Geldquellen aus Brüssel nur so sprudeln für das arme Mitteleuropa …?«

Ich zucke mit den Schultern. Laci nimmt mein Ohrläppchen zwischen Daumen und Zeigefinger und zieht daran, bis es schmerzt. Ich reiße seine Hand herunter.

»Was soll das, Laci?«

Sein schallendes Gelächter lässt eine Frau hinter uns zusammenzucken. Ich schaue zu Sophie hinüber, die mit tadelndem Blick und reich beladenem Teller auf mich zukommt.

»Ich dachte, du tauchst gar nicht mehr auf, Anatol.«

Sie gibt mir einen Kuss auf die Wange.

»Komm zu uns herüber! Colin und Anne sind auch da.«

Sie streicht mir mit der Hand über den Rücken.

»Bis gleich! Ich bin da drüben im kleinen Saal.«

»Ich bin für sie Luft«, sagt Laci.

»Sie kann nicht mit jedem. Ich muss jetzt wohl auch rüber …«

»Einen Moment noch, Anatol. Ich möchte dich noch etwas fragen.«

»Was denn?«

»Du arbeitest doch an dieser seltsamen Akademie, dieser Geisterakademie?«

Die Bezeichnung ist mir neu. Unpassend scheint sie mir nicht. Von den Dutzenden Dozenten auf der Personalliste habe ich bisher nur einen Bruchteil zu Gesicht bekommen.

»Lässt dich mein Anblick an Geister denken, Laci?«

Er lacht laut, zu laut, wie immer.

»Wie konnte Horváth dir wohl deinen Job verschaffen, Anatol? Es war doch Horvath?«

Ich nicke.

»Sophie hat ihn um Hilfe gebeten. Solche Leute haben Kontakte.«

Er schaut mitleidig.

»Was ist, Laci?«

»Horváth braucht Sophie für das Kerngeschäft hier. Und dieses Geschäft ermöglicht ihm solche Gefälligkeiten. Alles hängt hier mit allem zusammen.«

Er blickt sich kurz um.

»Sophie und Colin entwerfen doch Ausschreibungstexte, Laci?«

»Schon, aber wir formulieren die Texte nicht irgendwie. Wir nutzen ihr ökonomisches und politisches Potential, wenn du verstehst, was ich meine.«

»Das tue ich nicht.«

»Wir justieren die Kriterien. Bis die Aufträge an die richtigen Leute gehen …«

»Was macht ihr …?«

»Wir steuern EU-Gelder an den richtigen Ort. Um deutlich zu werden.«

Was will er mir weismachen?

»Brücken, Schulen, Autobahnen. Alles, Anatol. Die ausschreibenden Städte und Gemeinden sagen uns, wer den Auftrag bekommen soll, und wir liefern die Präzisionsarbeit. Wir sorgen dafür, dass bei der Vergabe keine Überraschungen passieren.«

Plant er den dramatischen Abgang?

»Warum macht ihr das?«

Er deutet mit dem Kinn über meine Schulter. Hinter mir steht Horváth, der auf eine ältere Frau einredet.

»Und so einer wird bald Justizminister, Anatol.«

Sophie hat mir davon erzählt. Wenn die ›Nationale Erneuerung‹ die Wahl gewinnt, wovon hier alle ausgehen, soll Horváth das Ministerium übernehmen. Sophie bereitet es Sorgen. Er ist ihr Mentor.

»Horváth fädelt die Dinge auf lange Sicht ein. Darin ist er sehr geschickt. Nun hat er sich auch in der Politik unentbehrlich gemacht.«

»Wie?«

»Die ›Nationale Erneuerung‹ braucht ihn als Geldbeschaffer.«

»Ich verstehe kein Wort.«

»Horváth hat sich das Ganze raffiniert ausgedacht. Die Gewinner der Ausschreibungen zahlen zehn Prozent an die ›Nationale Erneuerung‹, als freiwillige Spende. Die Firmen machen natürlich mit, weil sie wissen, dass sie sonst nicht mehr zum Zug kämen. Eine gut geölte Maschine, jeder in dieser Kanzlei weiß es.«

Und Sophie bei all dem mittendrin? Laci ist jede Übertreibung zuzutrauen. Dies hier klingt nicht nach einer. Sie wollte zur Staatsanwaltschaft für Wirtschaftskriminalität. Sie wolle smarter sein als die, die den Hals nicht voll bekämen, hat sie gesagt. Es war nicht dahergeredet. Ich kenne sie.

»Erlaubst du dir einen Spaß mit mir, Laci?«

»Bestimmt nicht. Du musst mich jetzt aber entschuldigen. Ich darf bei Kata den Moment nicht verpassen, und der ist heute. Have fun!«

Have fun!

Castros Worte am Ende unserer ersten Unterhaltung damals in England. Vor fast zwei Jahrzehnten, in den späten Achtzigern, als wir uns in Canterbury in der Sprachschule Magdalene Hall kennenlernten. Castro war damals alles, was ich nicht war mit siebzehn Jahren: weltgewandt und laut und mitreißend, so dass selbst die, die ihn nicht mochten, da sein wollten, wo er war. Mit ihm unterwegs zu sein bedeutete immer, dass etwas geschah. Durch ihn wurde ein Spaziergang zum Abenteuer.

★

Castro ging in dieser Sommernacht mit dem Rucksack vorneweg, Anatol und die anderen folgten mit etwas Abstand. Keiner sprach ein Wort, sie konnten sich vor Müdigkeit kaum noch auf den Beinen halten. Anatols Blick war an die Fersen der bleichen Kerstin geheftet, die gleichmäßig vor ihm hertrottete und von Zeit zu Zeit fluchte, wenn Dornen am Wegrand ihr die unbedeckten Unterarme aufkratzten. Mit dem Tageslicht tauchte am Horizont die Kathedrale von Canterbury wieder auf. Aus dem Spaziergang ans Meer, den Castro meinem Bruder im Great Court der Sprachschule angekündigt hatte, war ein Ausflug bis zum anderen Morgen geworden. Sie hatten im Meer gebadet, Wein getrunken, und Castro hatte der Gruppe ein ungarisches Lied beigebracht. Ein schönes Lied, ein trauriges Lied, das er ihnen auf einem scheppernden Kassettenrecorder vorgespielt hatte. Von einem Mädchen mit Perlen im Haar.

Anatol und Castro hatten während der Begrüßungsrede nebeneinander gesessen. Sonst hätte sich dieser Castro bestimmt nicht ausgerechnet meinen Bruder als Freund ausgesucht. Sie waren nach draußen gegangen, und Castro hatte Anatol zu überreden versucht, ihn ans Meer zu begleiten. Castros Englisch beeindruckte Anatol, der immer schon leicht zu beeindrucken war. Seine Größe, der Bart und die tiefe Stimme schüchterten ihn ein. Anatol hatte sich vorgenommen, am Abend die Kursunterlagen durchzusehen.

»You can be hit by a lorry tomorrow, my friend!«

Als Anatol gegen Abend beim Portal von Magdalene Hall eintraf, warteten da schon ein Dutzend Leute. Die meisten Gesichter kannte er vom Morgen, viele sprachen Deutsch. Alle hielten Ausschau nach dem Ungarn. Castro kam zu spät. Er trug einen riesigen Rucksack voll mit Brot, Schinken und Wein für alle.

»Wer hat wen geküsst?«, rief er.

»Mach den Anfang!«, gab Kerstin zurück.

Castro zeigte Anatol auf der Landkarte den Weg. Die beiden gingen an der Spitze, und während sie die Stadt hinter sich ließen, fragte sich Anatol, wie einer aus Budapest an eine Sprachschule in England kam. Nahmen die Ungarn ihren Kommunismus nicht mehr ernst?

Die Nacht hinterließ einzig bei Castro kaum Spuren. Während der ersten Englischlektionen las er in der letzten Reihe in einem schmalen Bändchen, blätterte unter dem Tisch vernehmlich um, so dass die Dozentin, die den Unterricht mit den wenigen halbwegs Wachen bestritt, jeweils zu ihm hinschaute. Als er das Bändchen vor sich auf das Pult legte, konnte Anatol den Titel entziffern: *The Soul of Man under Socialism*. Ob er der Klasse von seiner Lektüre berichten möge, fragte die Dozentin. Castro schüttelte den Kopf. Der Text sei zu anspruchsvoll, um in wenigen Sätzen zusammengefasst zu werden, er müsste eine Stunde lang sprechen. Er hielt das Bändchen in die Höhe. Anatol lachte am lautesten.

»Wollen Sie uns einen wichtigen Satz vorlesen?«

Castro begann zu blättern.

»Under socialism«, las er schließlich, »it all will, of course, be altered.«

Er schaute triumphierend in die Runde.

»Was genau wird sich ändern? Können Sie uns das erläutern?«

Er zuckte mit den Schultern.

»Dieser Sozialismus muss etwas Geheimnisvolles sein«, sagte die Dozentin, »wenn nicht einmal unser Mitschüler aus Ungarn Bescheid weiß.«

»Das habe ich nicht gesagt …«

Am frühen Abend traf sich die Klasse im Pub. Castro war erneut als Letzter da. Auf einmal stand er im Türrahmen, den er ausfüllte, einer rief: »Schaut her, Castro! Er hatte wohl noch Lektüre zu bewältigen …« Castro hieß mit richtigem Namen Csaba Melles. Alle im Kurs nannten ihn fortan aber nur noch Castro.

Er zwängte sich durch die Menge zu Anatol hindurch, der gerade dabei war, sich zu verabschieden, da er zusammen mit seiner Landlady zu Abend essen wollte. Castro sah ihn an und sagte: »Schau dich um. Du willst wirklich gehen?«

Anatol blieb bis weit nach Mitternacht und vergaß die Verabredung. Als sie die Fahrräder aufschlossen, fragte ihn Castro: »Magst du am Samstag mit zum Konzert in London kommen?«

Alle wollten da hin.

»Wie kommen wir an Tickets?«

»Ich kenne jemanden, der sie für uns besorgt. Überlass das mir.«

Anatol brachte vor Überraschung kein Wort heraus.

»Du magst doch die kleine Deutsche. Wollen wir sie auch mitnehmen?«

★

Ich − habe − sie − in − der − Hand.

Abgezweigte EU-Gelder, mit denen die ›Nationale Erneuerung‹ ihren Wahlkampf finanziert. Nicht zu fassen! Horváth und seine Leute kommen so nicht nur einmal, sondern immer wieder an EU-Gelder. Die den Aufbau Mittel- und Osteuropas finanzieren sollen.

Auch − dich − meine − liebe − Sophie − und − dich − Colin − du − Arschloch − und − dich − Horváth.

Ich sage die Worte leise vor mich hin. Mir ist heiß. Ich muss raus auf die Terrasse, stelle mich ans Geländer, wo ein lauer Wind weht, Mitte Oktober! Nur ein paar Meter neben mir stehen Horváth und Pallagi. Zusammen mit einem dritten Mann, vermutlich einem weiteren Partner.

Auch − dich − Pallagi − du − wirst − dich − noch − wundern − du − Spanner.

Er wollte mir ins Gesicht sehen. Sich den Betrogenen genauer ansehen.

Hemd und Jackett kleben mir am Leib. Ich betrachte Pallagis Rücken. Sein zeltartiger Anzug spannt um die Schultern, wenn er sich bewegt. Eine ruckartige Bewegung würde genügen, und die Nähte würden reißen. Er dreht sich langsam zu mir um, ich proste ihm zu.

»Stierblut, Herr Pallagi!«

In Ungarn können sie das Wort nicht oft genug hören. Stierblut, Stierblut in den Blutbahnen. Die Vorstellung beflügelt die Männer und mich allmählich auch. Horváth winkt mich heran – meint er mich?

Jetzt nicht die Übersicht verlieren, Anatol. Die guten Karten nicht leichtfertig aus der Hand geben. Ich schließe für einen Moment die Augen und versuche, mich zu konzentrieren. In meinem Kopf ist es auf einmal Németh, der graue Németh, der bei Horváth und Pallagi steht und mich mit fiebrigen Augen anblickt.

»Na, Barnsteiner«, höhnt er, »wieder alleine?«

»Ich bin nicht alleine!«, höre ich mich rufen. Rufen?

Németh irrt. Ich habe Castro, und ich habe Miklós, meinen Freund an der Akademie, der mich in den ersten Wochen in die Kaffeehäuser der Stadt eingeführt hat. Ich werde Miklós enttäuschen müssen, kommt mir in den Sinn. Mein Versprechen, seinen Kurs in Litauen zu übernehmen, an einem heißen Sommertag leichtfertig abgegeben, werde ich nicht halten können.

Ich öffne die Augen. Horváth winkt noch immer und lacht. Ich winke zurück. Ich bitte die Serviererin um Pálinka, reichlich Pálinka, bitte. »Feiern Sie etwas mit!« Sie bringt ein Glas Wasser. Ich schaue ihr hinterher, und auf einmal schwankt der Boden. Im letzten Moment kann ich mich am Geländer festhalten.

Zu Horváth hinübergehen? Ihn fragen: »Wie steht es mit den Aufträgen, die Brüssel finanziert, Herr Horváth? Ich hoffe, die Geschäfte gehen gut.«

Ein stechender Schmerz! Im Daumen, ganz plötzlich. Ein weißes Plättchen steckt unter dem Nagel. Ich ziehe es vorsichtig heraus, nehme den Daumen in den Mund und sauge. Ich habe, ohne es zu merken, abblätternde Farbe vom Geländer gekratzt, die nun auf meinen Schuhen liegt.

»Warum kommst du nicht herein, Anatol? Und was ist das da auf dem Boden?«

Sophie steht vor mir. Sie hat auch getrunken, ich sehe es an ihren Augen. Unten auf dem Boulevard zieht lärmend eine Gruppe junger Männer vorbei.

»Du riechst, Anatol, weißt du das? Hast du vor, dich denen da unten anzuschließen?«

Sie steckt mir zwei Karten in die Jackettasche, klopft mir auf die Brust.

»Konzertkarten?«

Ständig bekommt sie Karten geschenkt.

»Ich gehe wieder hinein, Anatol. Trink nicht zu viel!«

Ich greife in die Brusttasche und ziehe mein Handy hervor, mache Fotos, vom Boulevard, den Gästen, vom blutroten Horizont. Dann tippe ich auf dem Display auf ›Video on‹.

»Erlauben Sie mir ein Foto, Herr Horváth?«

Horváth dreht sich um und lacht.

28

»Selbstverständlich, Herr Barnsteiner. Alles gut bei Ihnen?«

Ich nicke energisch.

»Der künftige Justizminister sollte in die Mitte. Vielen Dank, die Herren.«

Horváth legt die Arme um die Schultern der beiden anderen.

»Konnten wir Ihnen mit der Stelle ein wenig helfen, Herr Barnsteiner?«

»Ich werde es Ihnen nie vergessen. Ich erwähnte Ihren Namen, und die Türen öffneten sich wie von selbst.«

Horváth ist gut im Bild. Alle sind gut im Bild. Ich gehe etwas näher heran.

»Wie läuft es mit den Beschaffungen, Herr Horváth? Ist Brüssel mit den Ausschreibungen zufrieden?«

»Brüssel protestiert nicht, das ist das Wichtigste. Wir verstehen hier unser Handwerk.«

Pallagi fügt lachend auf Ungarisch hinzu: »Aber glücklicherweise versteht Brüssel unser Handwerk nicht!«

Zum Glück habe ich Ungarisch gelernt. Vom ersten Tag an.

★

Anne beobachtet von einem Polstersessel aus eine Menschentraube, aus deren Mitte Colins massiver Kopf herausragt. Sie hält ein Champagnerglas in der Hand, das sie lächelnd hebt, als ich mich auf die breite Lehne zu ihr setze.

»Die beiden sind bei der Arbeit. Wir dürfen nicht stören.«

»Ist Sophie da drin?«

Sie nickt langsam und schaut mich an.

»Wir beide sind das besoffene Hilfspersonal, Anatol.«

»Wir sind bloß angeheitert, Anne. Du magst wohl lieber die Hauptrollen …«

Sie lacht.

»Hast du dich aus den Fängen des Staranwalts Laci befreien können?«

»Er hat sich von mir losgerissen, nicht ich mich von ihm. Er hat heute noch Wichtiges vor.«

»Wichtiges?«

Sie schürzt die Lippen und schaut mich neugierig an.

»Er gehört nicht zu den Aufstrebenden in dieser Kanzlei, wenn ich richtig informiert bin.«

»Anders wichtig, Anne. Mehr etwas für den Moment …«

Sie überlegt und nickt bedächtig.

»Du meinst etwas, das Spaß macht?«

»Im Regelfall.«

Sophie erblickt uns und hebt ihr Glas. Colin tut es ihr gleich. Wir vier müssten in Ungarn harmonieren, hat sie an dem Abend bei uns gesagt. Im Idealfall würden wir uns übers Kreuz verstehen. Colin war mir zunächst nicht unsympathisch. Nur der Name hat mich misstrauisch gemacht. Ich fragte mich, ob hier ein Karl oder Konrad zu einem Colin geworden war. Doch er erzählte schon bald, dass seine Mutter aus Birmingham eingewandert sei. Mausarm mit dem dreijährigen Sohn, zuerst Kindermädchen und später Putzfrau, für ihn habe sie alles gegeben. Auch er hat alles gegeben, immer.

»Ob die beiden uns ein Dessert bringen, Anatol?«

Anne winkt ihnen.

»Das könnte interessant werden«, sagt sie leise, ohne den Blick von ihnen abzuwenden. »Sie müssten sich zu uns setzen.«

Weiß sie doch etwas? Anne löst einen Riemen an ihrem Schuh. Geschickt mit einer Hand, ich sehe ihr zu, in der anderen das Glas.

»Interessant?«

Sie blickt auf und lässt sich in den Sessel zurückfallen. Im Spiegel sieht es aus, als läge mein Arm auf ihren nackten Schultern.

»Ein schönes Paar«, sagt sie beiläufig, »auch ein schönes Paar.«

Auch?

Sie blickt lächelnd auf die Traube.

»Was hast du mit Laci besprochen?«

»Er weiß manches über die Kanzlei zu berichten.«

»Erzähl!«

Sie richtet sich auf und schaut mich an.

»Mach's nicht so spannend!«

Am liebsten würde ich alles ausplaudern. Sie wirft sich erneut nach hinten, diesmal ungeduldig, ihr Nacken liegt nun auf meinem Arm.

»Ich bin heute etwas anhänglich, Anatol. Stört es dich?«

»Ich fühle mich nicht bedrängt.«

31

Sie war mit einem Theaterregisseur verheiratet, sagt Sophie. Bis vor nicht allzu langer Zeit. In Köln, offenbar ein großer Name, rekordverdächtig kurz. Und gleich zwei Kinder auf die Welt gestellt, hat Sophie kopfschüttelnd hinzugefügt. Ich habe Manu und Ava bei Kanzleianlässen ein paarmal gesehen. Ein dunkler Schopf und ein blondes Köpfchen, fröhliche und lebendige Kinder, die der schönen Mutter gleichen.

Mein Zeigefinger berührt Annes Schlüsselbein.

»Was würde Colin dazu sagen?«

»Zu deiner Hand?«

Sie legt den Kopf auf meinen Arm und schließt die Augen.

»Colin küsst dich oft auf den Nacken. Er muss noch sehr verliebt sein.«

Sie öffnet die Augen und schaut mich fragend an.

»Was wusste Laci zu berichten?«

Ich zucke mit den Schultern.

»Das Übliche … Wer in dieser Kanzlei gerade mit wem schläft, solche Dinge.«

War da ein Zucken um ihren Mund? Oder nur in meinem Kopf? Sie führt ihr Glas an die Lippen und lässt die letzten Tropfen in den Mund rinnen.

»Wenn's weiter nichts ist …«

Sie lächelt. Belustigt, verzweifelt, beides?

»Vielleicht wollte Laci sich wichtigmachen. Soll unter Anwälten ja vorkommen.«

»Ja, soll vorkommen …«

Wir lachen und schauen zu Colin und Sophie hinüber.

»Du denkst wohl, ich sei blöd, Anatol«, flüstert Anne mir ins Ohr.

»Wie kommst du darauf …?«

Sie löst ihre blonden Haare und schnippt mit den Fingern vor der Brust. Gleich nochmals, diesmal langsamer, als wolle sie ihre Bluse aufknöpfen, schaut mich amüsiert an.

»Hast du vor, es ihr zurückzuzahlen, Anatol?«

»Würdest du mir helfen?«

Sie wiegt den Kopf.

»Ich überlege es mir.«

Sie streckt mir die offene Handfläche hin.

»Schreib mir deine Nummer auf.«

★

Vom Oktogon zum Blaha-Luiza-Platz und dort rechts durch die Galerien. Die Panzer haben beim Aufstand in die Galerien geschossen, sagt Miklós, und die Granaten stecken noch immer in den Eingeweiden der Stadt. Sophie wollte noch eine Stunde bleiben. Der Lippenstift in ihren Mundwinkeln war verschmiert.

»Ich finde den Weg alleine«, sagte sie lachend.

Ich fasse mir an die Brust. Die Konturen des Handys beruhigen mich, während die Wirkung des Alkohols allmählich nachlässt. Astoria, Kalvin-Platz, lange Fluchten. Als ich kurz vor Mitternacht zu unserer Wohnung hochsteige, flackert im Treppenhaus das Licht. Alles ist wie immer. Nichts ist wie immer.

Zwischen Colin und Anne gab es an dem Abend bei uns beinahe Streit. Er erzählte von einem Klienten in Sankt Petersburg, IT-Branche, reich, Einladung in ein teures Bad, die unvermeidliche Schlittenfahrt. Ich beobachtete Anne. Ihr Blick wurde glasig. Schließlich warf sie ein, Colin sei seit Neuestem ein Saunafreund eines Oligarchen. Colin fasste sie sanft am Ellbogen, einen Moment lang tat er mir leid. Dann überwog die Erleichterung, dass noch jemand am Tisch keine Lust auf Geschichten über den Helden Colin hatte. Colin bewundert Reichtum so sehr, dass ihm der Satz, Geld sei nicht alles, ohne Weiteres zuzutrauen wäre. Anne hat ihr Leben unter Leuten verbracht, die Geld verachten, ja rituell verachten, solange genügend davon vorhanden ist. Was dieses merkwürdige Paar zusammengeführt hat? Annes Suche nach einem Versorger? Der Zauber eines Moments?

Sophie und ich, ein anderes merkwürdiges Paar, kamen in jenem Sommer zusammen, in dem ihre Mutter und Tobias beinahe gleichzeitig starben. Weil sie starben, könnte man fast sagen. Wenn es nicht so schrecklich klänge. Wir hatten an der Universität dasselbe Seminar in Philosophie besucht. Sophie fehlte als angehender Juristin noch ein Schein in einem nichtjuristischen Fach, ich hatte mich zufällig eingeschrieben. Das Seminar war als Einziges noch nicht ausgebucht gewesen. In den Pausen ergaben sich kleine Gespräche. Am Brunnen neben der Treppe, in der schmucklosen Cafeteria. Einmal warteten wir gemeinsam auf die Straßenbahn.

Ihre Mutter starb zu Beginn der Semesterferien. An Leukämie, sie war lange krank gewesen, am Ende war es rasch gegangen. Als Sophie von einer Kommilitonin erfuhr, dass mein älterer Bruder nur Tage später in den Bergen abgestürzt war, rief sie mich an. Dass sie mit ihrer Mutter nie mehr sprechen könne, sagte sie am Telefon, könne sie sich gar nicht vorstellen. Ihre Mutter sei da, sie spüre sie die ganze Zeit. Am selben Abend unternahmen wir einen langen Spaziergang, sprachen zwei Stunden auf einer Autobahnbrücke, vertrauten einander Dinge an, die sich Fremde nur erzählen, wenn sie einander nicht ins Gesicht sehen. Unter uns rauschten die Autos hindurch. Das Gefühl der Vertrautheit hielt an. Sie trat in mein Leben und ich in ihres. Als wolle das Schicksal die Dinge neu ordnen. Hätte ich den Sommer ungeschehen machen können, hätte ich keine Sekunde gezögert. Es war so klar, wie es mit der Zeit immer unaussprechlicher wurde.

Hätte Tobias dieses eine Mal nicht auf Vater gehört. Hätte ihn sein Gefühl, Vater wisse stets, was gut für ihn sei, nur für einen Moment verlassen. Die beiden hatten am Vorabend unsere Route besprochen. Wir hatten früher oft zu dritt Bergtouren unternommen, bis bei Vater Arthrose festgestellt worden war. Seit er nicht mehr mitkommen konnte, gingen Tobias und ich von Zeit zu Zeit zu zweit. Das war es, was uns verband. Vater sei beim Studieren der Karte ins Schwärmen gekommen, sagte Tobias im Zug. Wegen eines bestimmten Grats, von dem aus er viele Jahre zuvor das Foto geschossen hatte, das in seinem Arbeitszimmer hing. Ein Ort von unbeschreiblicher Schönheit, wir müssten hin. Als wir die Hütte erreichten, begann Tobias zu drängen. Ich wollte nicht. Ich war müde und wollte lesen. Eine halbe Stunde, ein Spaziergang nur, gemäß Vater. Für Vater war alles ein Spaziergang. Er hatte eine Reihe Viertausender bestiegen, und er lernte Fremdsprachen in einem halben Jahr. Ich blieb alleine zurück. Als Tobias nach zwei Stunden nicht wieder aufgetaucht war, wusste ich, dass etwas geschehen war.

Der Fels war nass gewesen. Dabei galt die Stelle nicht einmal als gefährlich. Tobias war ausgerutscht. Am nächsten Morgen fanden sie ihn, weit unten auf einer Geröllhalde, das Gesicht zerschlagen. Fotos bekamen wir Geschwister nie zu Gesicht. Den Kleinen, Lea und Miriam, sagten unsere Eltern es am Abend. Ich lag im Zimmer und hörte Lea und Miriam weinen.

Für Sophie und mich begann unsere Geschichte immer auf der Autobahnbrücke. Nach den schrecklichen Ereignissen. Weil der Anfang Gewicht hat. Wir sprachen lange kaum über das Seminar, in dem wir uns eigentlich kennengelernt hatten, und so erfuhr ich auch lange nicht, dass es ihr wenig bedeutet hatte. Es war für sie ein notwendiger Schritt hin zur Abschlussprüfung gewesen. Es hätte irgendein Seminar sein können. Mich hatten der Professor und was er zu sagen hatte, bewegt. Ich hatte über seine Worte oft lange nachgedacht, wenn ich nach dem Seminar nach Hause gegangen war, oder wenn ich nachts, was oft vorkam, im Bett lag und keinen Schlaf finden konnte.

In der ersten Stunde hatte der Professor gefragt, was das Licht des nächtlichen Fernsehers mit unseren Träumen mache, und was eine Tür, die vor unserer Nase ins Schloss falle, mit einem frühen Morgen? »Was lässt für Sie den Sommer in den Herbst kippen, Herr Barnsteiner? Das Licht, der Geruch der Erde oder die veränderten Gesichter der Menschen?« Der Professor war umschwärmt gewesen, als seine Philosophie mit der Zeit zusammengestimmt hatte. Nun galt sie als erledigt. Dennoch freute er sich über jeden, der sich in den viel zu großen Hörsaal setzte. Eine Philosophie, die ihn so hatte werden lassen, dachte ich, und ich denke es noch heute, kann nicht so falsch gewesen sein. Er kommt mir immer in den Sinn, wenn ich leere Bistros oder Bars betrete, in denen sich die Leute vor Kurzem noch auf den Zehen herumstanden. Oder Badeanstalten am Saisonende. In den letzten sonnigen Stunden, bevor es wieder kalt wird.

★

Die drei saßen kurz nach sechs Uhr früh im Bus nach London. Er war zu einem Viertel besetzt und bog nach wenigen Minuten in die Autobahn ein, überholte gelegentlich mit hoher Geschwindigkeit und schwankte dabei bedrohlich. Nach der Ankunft an der Victoria Station setzten sie sich in einen Imbiss in der Wilton Road, in dem es nach verbranntem Toast und Frittieröl roch.

»Nicht zu lange«, sagte Castro, als sie Frühstück bestellten. »Wir wollen um elf Uhr im Stadion sein.«

Als die Serviererin den Kaffee brachte, stellte Anatol die Frage, die ihm auf der Zunge brannte: »Dürft ihr Ungarn ohne Weiteres eine Sprachschule im Ausland besuchen?«

»Ohne Weiteres nicht«, erwiderte Castro, »aber in manchen Fällen ist es möglich.«

Sein Grinsen brach abrupt ab. Das bedeutete, wie Anatol inzwischen herausgefunden hatte, dass ihn ein Thema nicht interessierte. Oder dass er nicht darüber reden mochte.

»Mein Vater kennt viele Leute«, fügte er noch hinzu, »er hat gute Verbindungen. Die sind in Ungarn sehr wichtig.«

Er schaute zu Anatol und dann zu Kerstin. Die beiden sahen sich unsicher an.

»Dein Vater«, wollte Kerstin wissen, »was macht er eigentlich?«

Castro zog den Reisverschluss seiner Trainingsjacke bis unters Kinn, trank langsam und ohne abzusetzen seinen Kaffee aus, während Kerstin ihn fixierte und dabei ihre Haare hochsteckte.

»Jedes Land braucht Leute, die Fremdsprachen beherrschen. Deshalb schickt man junge Leute ins Ausland. Deshalb bin ich hier.«

Die beiden nickten, als verstünden sie.

»Und wie lebst du in Ungarn«, wollte sie wissen, »bist du Mitglied der ›Kommunistischen Partei‹?«

»›Sozialistische Arbeiterpartei‹ heißt es«, korrigierte Castro, »›Ungarische Sozialistische Arbeiterpartei‹.«

Ein lautes Lachen.

»Gehst du auf eine normale Schule? Lebt deine ganze Familie in Budapest?«

»Natürlich!«

Er könne von seinem Zimmer aus die Donau sehen. Er sei mehrere Jahre lang Mitglied des Schwimmteams seiner Schule gewesen und habe zweimal das Finale der landesweiten Jugendmeisterschaften erreicht. Budapest sei die schönste Stadt der Welt.

»Können wir dich besuchen?«

Castro zuckte mit den Schultern. Auf der Fahrt zum Stadion mit der Tube wurde Kerstin auf einmal still. Anatol versuchte, sie in ein Gespräch zu verwickeln, doch ihre Antworten blieben einsilbig. Auf der langen Treppe Richtung Tageslicht blieb sie in einem Drehkreuz stecken. Sie rüttelte wie wild an den Sperrholmen, und als ein Betrunkener hinter ihr zu lachen begann, geriet sie in Panik. Castro packte sie durch die Holmen am Arm.

»Zieh gegen dich, Mädchen. Ganz ruhig!«

Ein metallisches Klicken war zu hören, die Drehtüre bewegte sich, und sie war draußen. Die Haare hingen ihr ins Gesicht, Anatol sah Tränen in ihren Augen. Als sie oben auf der Straße standen, atmete sie heftig. Er nahm seinen ganzen Mut zusammen und ergriff ihre Hand, streichelte sie kurz und ließ sie wieder los, ärgerte sich über sich selbst.

Im Stadion hatte das Konzert bereits begonnen. Anatol lief beim Anblick der Bühne ein beglückender Schauder über den Rücken. Ein riesiges Steuerrad und eine Gitarre in der Form Afrikas prangten über der Band, über allem schwebte weißer Rauch. Castro wollte zur Bühne. Kerstin, die sich Perlen ins Haar gesteckt hatte, ebenfalls. Sie arbeiteten sich vor, und Anatol versuchte, sich jede Einzelheit einzuprägen. Sein erstes Konzert, jedes Detail schien ihm kostbar. Vater hatte solche Konzerte immer nur organisierten Lärm genannt, schlecht fürs Gehör. Als Castro in die Knie ging, um Kerstin auf seine

Schultern steigen zu lassen, wollte Anatol sich einen Moment lang aus dem Staub machen.

Wieder in der Tube, tranken die drei Bier. Castro hatte es unbemerkt besorgt, das Sixpack wie eine Trophäe in die Höhe gehalten. Anatol trank mit, obwohl er Bier nicht mochte, und Kerstin setzte sich zwischen die beiden und begann bald zu singen. Das ungarische Lied. Sie nahm je eine Hand der beiden, und die Fahrgäste sahen ihr dabei zu, wie sie einmal dem einen und dann wieder dem anderen einen Kuss auf die Wange drückte. Als sie ausstiegen, sangen sie alle drei.

»All you Zombies – hide your faces!«

Es hallte durch die Bahnhofshalle. Zweieinhalb Stunden Rückfahrt im Bus standen ihnen noch bevor. Castro legte sich der Länge nach auf die Rückbank und zog die Schuhe aus. Er müsse schlafen. Kerstin versuchte mehrmals, ihn zu überreden, seinen Kopf auf ihren Schoß zu legen. Dann setzte sie sich zu Anatol. Irgendwann spürte Anatol ihren Kopf an seiner Schulter. Er legte den Arm um sie, zog sie an sich, Kopf an Kopf schauten sie aus dem Fenster, während das dunkle Land an ihnen vorbeizog. Kurz vor der Ankunft spürte er ihre Lippen auf seinen.

★

In aller Frühe kracht es unten in der Köztelek-Straße. Ich bin hellwach. Zum zweiten Mal in dieser Woche hat die Müllabfuhr den Plastikcontainer gerammt, erneut kippt er um. Ich greife nach dem Handy. Das Video mit Horváth, Pallagi und dem Dritten, kostbare zwei Minuten und elf Sekunden, ist da! Annes Schnippen – wenn ich nur daran denke. Wie sie mich gefragt hat, ob ich es Sophie heimzahlen wolle. Da war Spott in ihren Augen. Wie ist sie dahintergekommen? Ich war zu betrunken, um das Naheliegende zu fragen.

Meine einzige Verpflichtung heute ist die Akademieversammlung um zehn. Bis dahin ist noch etwas Zeit. Ich schleiche aus dem Schlafzimmer und der Wohnung, will im Centrál frühstücken und Sophie auf keinen Fall wecken. Béla bringt Kaffee, dazu ein Croissant und die Zeitung. Er ist wortkarg, wie immer um diese Zeit. Wenn das Haus voll ist, öffnet er für uns Stammgäste manchmal die Galerie. Jeder von uns hat seinen eigenen Grund, oft hier zu sein. Vielen sieht man ihn an.

Németh ist, wie ich, zu früh im Ballsaal. Er geht lautlos hinter mir vorbei. Kein Gruß, kein Blick, die Freundlichkeit gestern war also wirklich ein Versehen. Ich werde seine Geschichte, seine wahre Geschichte, nie erfahren. Ob seine Freunde damals zu ihm gehalten haben, trotz des Verrats? Ob er, wie Miklós behauptet, tatsächlich nur Belangloses berichtet hatte? Miklós verteidigt Németh entschlossen. Leute wie er, sagt Miklós, hätten gemeldet, wenn einer Witze über János Kádár gerissen habe, den ewigen Generalsekretär der ungarischen Kommunisten, oder verbotene Bücher gelesen oder verkauft. Sie hätten Unwichtiges aufgebauscht, um nichts Schlimmeres liefern zu müssen, Schulleiter und Beförderungen verhindert, aber niemals Leben zerstört. Diesen schmalen Grat zu finden, sagt Miklós, sei ohne Intelligenz und Charakter nicht möglich gewesen. »Es gab graue Helden, Anatol.«

41

Während ich auf den Beginn der Versammlung warte, beobachte ich Németh dabei, wie er Akten aus seiner Tasche auf den Tisch räumt. Mappe für Mappe, bedächtig und gleichmäßig. Überlebensstrategie eines Versehrten, der in jungen Jahren ins Visier des Staatsapparats geraten ist?

»Kaffee, Herr Németh?«, rufe ich durch den Saal.

Er blickt auf und schüttelt den Kopf. Niemand würde es wagen, sich an seinen Platz zu setzen. Wenn er fehlt, bleibt er leer.

»Seine Kurse sind eine Katastrophe«, sagt Miklós, »besonders ›Die Moderne in Mitteleuropa‹.«

Warum unterrichtet er noch, mit seinen mehr als siebzig Jahren? Nachholen, was nicht nachzuholen ist?

»Wir haben ein fantastisches Jahr hinter uns«, eröffnet der Rektor die Versammlung, »und das Wichtigste vorweg: Die Akademie zählt nun offiziell zu den führenden Bildungsinstitutionen des Landes.«

Eine Liste wird an die Wand projiziert. Sie zeigt die Akademie an sechster Stelle. Wir erfahren, dass wir elf Kooperationsabkommen mit höheren Fachschulen und zwei Universitäten im Ausland abgeschlossen haben.

»Wir kooperieren nun mit fast allen mittel- und osteuropäischen Ländern. Die Zukunft sieht rosig aus.«

Die Länder auf der Karte sind fast alle dunkelblau. Wie das Emblem der Akademie. Hellblau sind die neu hinzugekommenen: Ukraine, Estland, Aserbaidschan.

»Was machen wir in Aserbaidschan?«, will Ferenczi wissen, der mitteilsame Statistiker, »und wie viele Studenten kommen aus dem Ausland zu uns?«

»Die Zahlen sind noch nicht aktualisiert«, sagt der Rektor, »sie werden aber selbstverständlich in den nächsten Tagen nachgeliefert.«

Nie wird, was »selbstverständlich in den nächsten Tagen nachgeliefert« wird, tatsächlich nachgeliefert.

Némeths Gesicht bleibt die ganze Zeit über ausdruckslos. Er klatscht, wenn geklatscht wird, und er beugt sich über die Unterlagen, wenn der Rektor auf sie verweist. Sein Haar glänzt im Gegenlicht. Als umgebe ein Heiligenschein sein Haupt.

Am Anfang unserer Akademie stand ein Fauxpas Ungarns bei den Vereinten Nationen in New York: Ein junger ungarischer Diplomat musste in der Generalversammlung den erkrankten Botschafter vertreten. Seine Rede geriet wegen seines holprigen Englisch derart unverständlich, dass ein Raunen anhob. Er begann von vorne: Wieder das Gleiche, nun lachten alle. Der Diplomat war ein Neffe von Denes Toth, der dem letzten Politbüro der Sozialisten vor der Wende angehört hatte und der seinen Verwandten vor seinem Abgang gerade noch in New York platziert hatte. Die Rede war in der Folge Gesprächsthema bei jeder Cocktailparty, ihre Erwähnung ein verlässlicher Stimmungsaufheller. Die ungarische Regierung reagierte dieses eine Mal rasch: Diplomaten sollten künftig an einer eigenen Akademie den nötigen Schliff erhalten. Das Adelspalais, das am Verfallen war, wurde als geeigneter Ort ausgewählt. Es wurde renoviert und nach der Jahrtausendwende zu einem beliebten Ort, um Schützlinge von Ministern und hohen Beamten unterzubringen. Auch Miklós hat seine Stelle einem hohen

Beamten zu verdanken. Sein Vater war Berater des früheren Außenministers.

In Ungarn sorge man für einander, sagt Miklós, auch für mich habe schließlich jemand gesorgt. Auch für Anne übrigens, wie ich neulich vernommen habe. Ihre Anstellung an der Deutschen Schule hat ebenfalls Horváth eingefädelt.

»Die derzeitige Regierung von ›Solidarität Ungarn‹«, sagt der Rektor, »ist uns nicht besonders gewogen.«

Er blickt in die Runde und wartet, bis es still ist.

»Man hat schon zum zweiten Mal über unsere Schließung gesprochen, die aber durch eine Intervention im Parlament abgewendet wurde.«

Einzelne klatschen. Andere tuscheln.

»Die heutige Regierung dürfte aber nicht mehr lange im Amt sein. Danach brauchen wir uns für längere Zeit keine Sorgen mehr zu machen, denn die Nationalpartei betrachtet uns als ihr Kind. Während wir für ›Solidarität Ungarn‹ das ungeliebte der anderen sind ...«

Der Rektor lächelt, während der Geräuschpegel wieder ansteigt.

»Du siehst«, flüstert Miklós, »es ist wie immer. Alles in allem ein gutes Jahr.«

»Beinahe geschlossen und ein gutes Jahr?«

»Erfolg bedeutet hier zu überleben. Das ist nicht leicht.«

Ich schaue ihn fragend an.

»Jede Regierung macht rückgängig, was ihre Vorgängerin beschlossen hat. Dann kommt die nächste, und der

Zug fährt wieder in die Gegenrichtung. Das ist der Lauf der Dinge.«

Miklós macht eine Pause.

»Das Leben hier ist wie Obenbleiben auf einem Seil.«

»Und was denken die Leute?«

»Sie kennen das Spiel, und sie kennen die Regeln. Sie wissen, auf wen sie sich verlassen können.«

»Alles ein Spiel?«

Er zuckt mit den Schultern.

»In ein paar Tagen wird ›Solidarität Ungarn‹ abgelöst. Dann macht es wieder mehr Spaß.«

Ich müsste ihm sagen, dass ich nicht mehr lange hier sein werde. Dass ich das Gastseminar in Vilnius nicht halten werde. Dass er sich auf mich nicht verlassen kann. Mein Handy surrt.

»Kommst Du mit nach Miskolc heute Abend? Castro«

Ich war noch nie in der Gegend. Während ich zurückschreibe, vibriert es erneut.

»Ich melde mich bald, A.«

★

Castro kümmern weder der heftiger werdende Regen noch die Schlaglöcher auf der Autobahn. Je weiter wir uns von Budapest entfernen, desto tiefer werden sie. Der Regen prasselt immer lauter aufs Dach.

»Du musst hoffentlich morgen nicht früh raus!«

Ich muss fast nie früh raus. Er beschleunigt den schwarzen Saab und dreht die Musik auf. Das Auto habe ihm sein Freund Maurice, ein bekannter Verleger, in Paris geschenkt, erzählt er mir zum dritten Mal, nachdem sie im Quartier Latin an einem einzigen Abend achtzig Austern gegessen hätten. Nichts an der Geschichte stimmt. Das letzte Mal hieß Maurice noch Patrice und war Unternehmer, und es waren sechzig Austern. Castro fingert am Autoradio herum. Aus den Boxen plärrt eine ungarische Popstimme.

Einmal gehen unsere Ausflüge in den Süden, ein anderes Mal Richtung Österreich, gelegentlich an die slowakische Grenze, wie letzte Woche, nun nach Miskolc. Überall hat Castro Freunde. Überall hat er »Business« zu erledigen. Überall vergeht die Zeit wie im Flug. Ich bin auf unseren Ausflügen stundenlang durch Städte gestreift, deren Namen ich noch nie gehört hatte, und habe viele Abende in Bars und Spelunken an Ausfallstraßen verbracht, die alle von da wegführen, wo ich herkomme. Eine Weinprobe bei fünfunddreißig Grad in Szeged, ein Mitternachtsmahl im Landhaus eines jugendlichen Gemeindepräsidenten, ein Grillabend auf der endlosen Treppe eines baufälligen Fußballstadions. Wo Castro auftaucht, wird seine Rückkehr gefeiert. In seinem Schlepptau bin ich der gefeierte Englischdolmetscher. Es klingt anders als aus Sophies Mund, besser.

Castro war leicht wieder aufzuspüren gewesen. Ich hatte bei meinen Suchanfragen im Internet rasch festgestellt, dass der Inhaber eines Consultingunternehmens in Pest und der Besitzer eines Bistros in Buda sowie eines Hotels in Balatonfüred, beide mit Namen Csaba Melles, ein- und dieselbe Person sein mussten. Kontaktadresse war ein Geschäftshaus am Westbahnhof. Es roch nach

Castro. Er schrieb gleich zurück. Er wolle mich einladen. An unserem ersten Abend führte er mich in ein französisches Restaurant auf der Burg. Er habe gerade einen Importvertrag für Guaraná-Getränke aus Brasilien abgeschlossen, es gebe einen Grund zu feiern. Ob ich verheiratet sei, wollte er sogleich wissen, Kinder? Ich schüttelte den Kopf. Anatol, du bist ein alter Sack und ein Idiot! Er habe fünf. Fünf?

Wir saßen sechs Stunden beisammen. Sein Gesicht hatte das Kantige verloren, und sein Haar war von grauen Strähnen durchzogen. Am Ringfinger steckte ein Ring. Was ist mit all den anderen Frauen, Castro, sie müssen enttäuscht sein? Er blickte mich einen Moment lang ernst an, schüttelte den Kopf und brach dann in Gelächter aus. Er gehe natürlich fremd, was sonst, ich nicht? Warum nicht? Später setzte er mich zu Hause ab. Er habe immer Zeit für mich. »Ich werde dir ganz Ungarn zeigen, mein Freund.«

Als wir Miskolc erreichen, wirkt Castro angespannt. Er spricht kaum heute. Er steigt aus, spannt den Schirm auf und verschwindet auf der anderen Straßenseite in einem dunklen Gebäude. Ich bleibe im Auto sitzen. Im Treppenhaus brennt eine Neonröhre. Was macht Castro an einem solchen Ort? Ich versuche, im Licht der Straßenlaterne etwas zu lesen, doch ich kann mich nicht konzentrieren. Ständig muss ich an Anne denken, an Sophie und Colin. Was reden die beiden, wenn sie reden? Wie selbstverständlich ist ihnen geworden, was sie für ihr Geheimnis halten? Plötzlich ist Castro zurück. Er reißt den Kofferraum auf, wühlt in einem Karton und eilt wortlos wieder davon. Nach einer weiteren Stunde, während der ich dasitze und auf die Fassade starre, sehe ich ihn wieder auf mich zukommen.

»Wir müssen zurück nach Budapest«, sagt er, während er den Motor startet. »Ich muss etwas erledigen. Entschuldige.«

Er fährt schneller als sonst, trommelt mit den Fingern auf das Lenkrad, es ist kein beschwingtes Trommeln. Nach einer Viertelstunde bricht er sein Schweigen.

»Wie geht es deiner Frau, Anatol?«

»Sie ist nicht meine Frau, Castro. Meine Freundin. Und auch da ändert sich im Moment gerade einiges.«

»Was heißt das?«

»Wir müssen alles neu ordnen. Anders ordnen wohl.«

Er schüttelt den Kopf und schaut zu mir herüber.

»Mein Gott, wie lange seid ihr zusammen? Drei Jahre, fünf?«

»Mehr …«

»Und ihr wisst nicht, was ihr wollt?«

»Weißt du …«

»Was willst du mit der Frau, Anatol? Du musst Spaß haben, mein Freund. You can be hit by …«

Er bricht mitten im Satz ab, überholt mit einem gewagten Manöver den Wagen vor uns, flucht. Sophie und er haben sich ein einziges Mal gesehen, in der Bar vor der Basilika. Es war meine Idee, eine Katastrophe. Sie müsse unbedingt meinen alten Freund Castro aus England kennenlernen, wir hätten eine gute Zeit gehabt damals. Sie verließ die Bar nach wenigen Minuten. Wie ich habe glauben können, fuhr sie mich zu Hause an, sie würde den Abend mit einem debilen Gorilla verbringen? Castro sei etwas herb, versuchte ich sie zu beruhigen, aber ein alter Freund. In seiner Gegenwart laufe immer was.

»Das glaube ich dir aufs Wort. Er hat mir die ganze Zeit auf die Titten gestarrt.«

»Sei doch nicht so streng …«

»Sei du etwas strenger! Fünf Kinder!«

Sie schüttelte den Kopf.

»Ich garantiere dir, Anatol, dass der noch andere Frauen hat.«

★

Als Annes SMS eintrifft, hallen Sophies Schritte noch im Treppenhaus wider.

»Ich weiß nicht, ob das Ganze eine gute Idee ist. Kuss, A.«

Ich gehe ans Fenster und blicke auf die Straße hinunter. Sophie ist nicht mehr zu sehen. Sie hat einen Termin in Prag, werde nicht vor Mitternacht zu Hause sein. Aus den Schornsteinen der Stadt qualmt Rauch. Wären sie und Colin mit im Raum, wenn wir uns treffen würden? Müssten wir uns betrinken, um sie zu vertreiben? Fliegt Colin heute mit?

Schritte im Treppenhaus. Kommt Sophie zurück?

»Fürchtest du, wir wären nicht alleine?«, schreibe ich zurück.

Vielleicht nehmen sich die beiden über Mittag ein Hotelzimmer. Die Schritte werden wieder leiser.

»Etwas in der Art.«

Die Spitze von Annes Nase bewegt sich leicht, wenn sie spricht. Ich muss daran denken, während ich unter der Dusche stehe. Während ich mich abtrockne, kommt wieder eine SMS.

»Wie schmeckt Rachebetrug, Anatol? Hast du damit Erfahrung??«

»Ich weiß es nicht. Es käme auf einen Versuch an.«

»… und ich wäre bei dem Versuch das Kaninchen?«

»Ich würde dich gerne sehen, Anne.«

»Sehen …?«

»Auch sehen.«

Zwei Stunden später, während derer ich ständig zum Handy greife, kommt wieder eine SMS.

»Mittwoch gegen Abend? Wo?«

Ich rufe mit klopfendem Herzen im Astoria an und reserviere ein Zimmer. Sophie wird etwas merken, da bin ich mir sicher. Sie hat einen feinen Instinkt für geringste Verschiebungen.

»Astoria, 17 Uhr?«

»Astoria? Von mir aus … Bin nervös.«

Dass zwischen Sophie und Colin mehr sein könnte, ging mir erstmals im Juli durch den Kopf. Ein paar Tage nach der Schifffahrt auf der Donau zu Horváths Wochenendvilla. Ich hatte den Gedanken immer wieder beiseite geschoben, bis vor zwei Wochen, als aus der Ahnung eine Gewissheit wurde. Sie kam spät nach Hause und lange nicht ins Bett und roch nach Duschgel. Ich war mir sicher. Am nächsten Tag setzte ich mich gegen Abend ins China-Restaurant, direkt gegenüber der Kanzlei. Ich wollte die beiden zusammen sehen, wenn sie sich unbeobachtet fühlten, vielleicht hoffte ich auf Zorn. Ja, gewiss hoffte ich darauf. Ich hatte den Eingang in der Hercegprimas-Straße im Blick und dazu die Ausfahrt aus der Tiefgarage. Nach einer Stunde streckte Sophie den Kopf ins Freie und hastete Richtung Donau davon. Ich beschloss, auf Colin zu warten; ihm zu folgen, würde mir leichterfallen. Zehn Minuten später trat auch er auf die Straße. Ich eilte nach draußen, doch die Stadt hatte ihn bereits wieder verschluckt. Ich ging ins Restaurant zurück, setzte mich und stellte mir die beiden in einem teuren Pester Lokal vor. Wie sie aßen, sich anblickten, sich anfassten, den Absprung vorbereiteten.

Unser Ende ist nicht zum ersten Mal zum Greifen nah. In den Wochen, als sie von der Staatsanwaltschaft in die Kanzlei ihres Vaters wechselte, schien ebenfalls alles nur noch eine Frage der Zeit. Sie wollte zusammenziehen, ich nicht. Doch statt sich von mir zu trennen, wie ich erwartet hatte, fragte sie, ob sie in das freiwerdende Zimmer in unserer Wohngemeinschaft einziehen dürfe. Ich sagte ja. Die anderen sechs mochten sie auf Anhieb, vor allem die Männer. Weil sie anpackte, auch deswegen. Ich wurde eifersüchtig. Dann gewann ich mit der William-Trevor-Kurzgeschichte überraschend den Jugend-Übersetzerpreis der Stadt, der zum brüchigen Fundament meines Übersetzerdaseins wurde. Ein Geschenk des Himmels, das ihr einen Grund gab, an mich zu glauben.

Wir suchten zusammen eine Wohnung. Die dritte, die wir uns ansahen, nahmen wir. »Du bist begabt«, sagte Sophie, »du musst jetzt den nächsten Schritt machen, das zweite Buch.« Ich mochte es, wenn sie so sprach, bis mir klarwurde, dass mir der Preis neuen und anderen Streit mit ihr bescherte. »Weitere Aufträge sind eine Frage des Willens, Anatol, du kämpfst zu wenig!« Die Auszeichnung war mir von der Laienjury einer literarisch wenig bedeutenden Stadt verliehen worden. Die Wahl war wegen fehlender Konkurrenz auf mich gefallen. Statt der angekündigten drei waren nur zwei Preise vergeben worden.

Den Übersetzungsauftrag hätte ich ohnehin nie erhalten ohne Vaters Verbindungen. Hans Dyrenfurth schuldete seinem alten Studienfreund einen Gefallen. Vater hatte ihn in jungen Jahren wiederholt auf Hochgebirgstouren mitgenommen, und Dyrenfurths Verlag ging es damals prächtig; er konnte sich Großzügigkeit dem alten Freund gegenüber leisten. Für meine Übersetzung interessierte er sich kaum. Wenn er sich nach dem Fortgang erkundigte, schienen die Grüße, die er Vater ausrichten ließ, das Wichtigste. Meine vorsichtigen Anfragen wegen weiterer Aufträge, bei ihm und anderen Verlagen, blieben ohne Ergebnis. Dyrenfurth wand sich, als ich ihn auf Sophies Drängen hin in seinem Büro aufsuchte: Er werde sich bald mit einem neuen Auftrag melden.

Seither sind neun Jahre vergangen. Statt moderne englische Literatur ins Deutsche zu übersetzen, übersetze ich Montageanleitungen und Gebrauchsanweisungen für Möbel und elektronische Geräte. Auf meine damalige Annonce, in der ich günstige Literaturübersetzungen anbot, meldeten sich zwei Firmen. Für eine von ihnen arbeite ich bis heute.

Anne habe ich mich an dem Abend bei uns als Experten für Scharniere und Gewinde vorgestellt. Kein Scherz.

Sie stand mit Colin in der Eingangstür und lachte. Ihr nasses Haar klebte ihr am Kopf.

»Ich kann dir erklären, was ein Magnetron ist. Und ich weiß alles über Koppelstifte.«

»Das sollten wir vertiefen, Anatol. Koppelstifte sind interessant. Oder etwa nicht, Sophie?«

Sophie stand neben mir und lächelte. Irgendwie.

★

Mit jeder Stunde, mit der unser Treffen näher rückt, erscheint Anne mir fremder. Die Erinnerung an ihr Gesicht ist unscharf. Deutlich sehe ich nur die langen, herumschlenkernden Arme vor mir. Ihre Stimme klang an dem Abend bei uns ein wenig heiser. Sie unterhielt sich mit ihrem Nachbarn zur Rechten, auch einem aus der Kanzlei, den Sophie unbedingt dabeihaben wollte. Ein Einzelgänger, etwas älter, der ihr manchmal half und eindringlich auf Anne einredete. Er wäre am liebsten Schauspieler geworden oder Pianist oder Organist, verkündete er lauthals.

»Das überrascht dich wohl?«

Anne blickte auf ihren Teller hinunter und kaute. Als ihr Nachbar sich für einen Moment Sophie zuwandte und das Essen lobte, flüsterte Anne mir zu, fast alle Männer in Colins Kanzlei hätten solche Eigentlichberufe. Es wimmle dort nur so von Biologen, Schiffsbauern und Musikern. Lauter bunte Hunde. Die eigentlich in Rom oder Barcelona oder San Francisco lebten, an ihren Eigentlichwohnsitzen.

»Du kannst ganz schön boshaft sein, Anne.«

»Überfordert dich das?« Sie berührte meinen Arm.

Auf dem Kanzleiausflug, als wir zu Horváths Villa fuhren, stand sie auf einmal neben mir und fragte, ob ich mich auch langweile, sie hoffe es doch sehr. Wir setzten uns auf das Vorderdeck und schauten auf den breiten Strom. Da tauchte das Köpfchen der kleinen Ava auf und gleich darauf auch Manus Mähne. Mit vorgeschobener Unterlippe blies er ein paar Strähnen, die ihm ins Gesicht hingen, weg und trug seine Schwester zu einer Bank. Er legte ihr den Arm um die Schulter. Sie betrachtete ihn von der Seite.

»Wie hat es dich auf den Planeten dieser Sozietät verschlagen, Anne?«

Sie sah mich prüfend an.

»Du bist aus einem anderen Stoff als die anderen Frauen hier …«

»Du meinst als Colin …?«

»Ich …«

»Komm schon, sei ehrlich!«

»Da ist dieser Spott …«

»Ja, ich ätze manchmal über die Kanzlei. Aber immer erst, nachdem ich mir den Magen vollgeschlagen habe.«

Sie lachte.

»Weißt du, ich habe früher in Köln gelebt, mit dem Vater der Kinder. Er ist Regisseur, und es war ein anstrengendes Leben. Dieses hier ist nicht das schlechteste.«

Laut Sophie hatte er sie für eine Jüngere sitzenlassen.

»Meine Nachfolgerin war formbar«, sagte sie, als könne sie meine Gedanken lesen, »hoher Frischegrad, etwas forsch. Das hat er in Kauf genommen. Sie bewunderte ihn als aufgehenden Stern am Theaterhimmel.«

Ich gebe ›Köln Regisseur Theaterstar‹ in die Suchmaschine ein. Mehr als tausend Treffer. Viele führen zu einem Michael Timmermann, vom Alter her könnte er passen. Leitung der Roten Kammer in Köln-Nippes, dann Bochum, seit zwei Jahren Wien. *Das Jahr der Lemminge* war sein Durchbruch. Das muss um Manus Geburt herum gewesen sein. Zwei Jahre später *Wetterleuchten*, sein größter Erfolg. Eine englische Fassung wurde in London aufgeführt. In Wien hagelt es nun schlechte Kritiken. Von einem baldigen Ende seines Engagements ist die Rede. Mit seinen grotesk schiefhängenden Augen ist er mir auf Anhieb sympathisch.

»Michael Timmermann Freundin«.

Das erste Bild zeigt Timmermann im Anzug, daneben eine sehr viel jüngere Frau, nicht Anne, groß und hübsch und ebenfalls blond. Unter einem anderen Bild mit der gleichen Frau: »Überraschendes Liebesaus«. Sie starren in die Kamera.

»Michael Timmermann Anne«.

Fotos der beiden bei einem Festival in Bamberg. Anne mit längeren Haaren und fröhlich, im langen, geschlitzten Kleid. Hinter ihr steht der riesige Timmermann, ein gutmütiger Berg. Ich vergrößere Annes Gesicht, blicke in ein Meer kleiner Quadrate. Mit mir willst du dich rächen? Weil ich wie du nicht auf diese Empfänge passe? Wo über Marathons und Triathlons und Rankings gesprochen wird und über Wochenenden in New York und auf Capri? Ich werde mir für dich ein neues Hemd kaufen. Und Schuhe, vielleicht Budapester, dazu eine neue Hose. Die paar Stunden gehören nur uns.

Ich lege mich aufs Bett und schließe die Augen. Ich stehe auf dem Trittbrett eines schneeweißen Karussells. Es dreht sich langsam und dann immer schneller, die Pferde sind aus Porzellan, in der Mitte spielt einer auf einem Harmonium. Ich halte mich am Zaumzeug fest, lehne mich nach draußen, höre die Pferde wiehern.

★

Anatol und Kerstin haben Castro noch ein paarmal geschrieben. Es kam nie eine Antwort. Eine Weile hat Anatol sich eingeredet, Briefe nach drüben würden abgefangen, fielen der Zensur zum Opfer, doch als er den dritten Brief zuklebte, den süßlichen Geschmack der Briefmarke noch auf der Zunge, dämmerte es selbst ihm: Castro würde nicht schreiben. Anatol traf Kerstin noch ein halbes Dutzend Male. Die Abstände zwischen den Treffen wurden jedes Mal etwas größer. Die beiden hatten ihre Mitte verloren, und auf einem Spaziergang schlug Kerstin vor, fortan wieder getrennte Wege zu gehen. Anatol hat sich nicht gewehrt. Wie er sich nie wehrt, wenn Leute von ihm abrücken. Anatol war sich immer schon zu schade, um für etwas richtig zu kämpfen.

»Have fun!«, hatte ihm Castro beim Abschied in Canterbury noch einmal zugerufen. Anatol hatte verlegen gelächelt. Was er an ihm fand? Castro war wohl mit ein Grund, dass Anatol sich zwei Jahre später für Anglistik und Philosophie einschrieb. Die Tage, die er im Schlepp-

56

tau des Ungarn verbracht hatte, hatten bei ihm Spuren hinterlassen, die wir zu Hause sofort bemerkten. Die ersten Jahre seines Studiums allerdings ließ er gänzlich anstrengungsfrei verstreichen. Er hörte vor allem Musik und spielte Gitarre, arrangierte Bücher und Schallplatten auf dem Fußboden und wurde noch schweigsamer. Immer wieder verschwand er für Tage, ohne jede Nachricht. Er verstand es, ein Geheimnis um sich zu machen, und viele fielen darauf herein.

Sein Flirt mit der DDR sagt im Grunde alles über ihn. Am Anfang seines Studiums unternahm er eine Reise nach Berlin. Natürlich ohne jemandem Bescheid zu sagen, natürlich mit Vaters Geld. Einen Tag lang besuchte er den Osten, ging in einer kleinen geführten Gruppe durch Mitte und Friedrichshain und beschloss spontan, ein Jahr lang da zu studieren. Land und Leute kennenlernen und verstehen, wie sie leben und denken, sagte er. Wahrscheinlich hatte er auf dem Ausflug einen hilfsbedürftigen Eindruck gemacht, wahrscheinlich hatte sich jemand seiner angenommen, ganz sicher eine Frau. Eine Weile war er wie besessen von seinem Plan. Dann war die DDR auf einmal kein Thema mehr. Von einem Tag auf den anderen. Wenn sich jemand erkundigte, was nun daraus werden sollte, zuckte er bloß noch mit den Schultern. Vielleicht hatte er kein Visum erhalten. Oder er hatte sich zu konkreten Schritten gar nicht erst aufraffen können. Ein Glück für ihn. Die Anziehungskraft, die zwielichtige Figuren auf ihn ausgeübt hätten, hätte ihn ohne jeden Zweifel in Schwierigkeiten gebracht.

Wenig später erfuhr die Familie vom Elend seines Studentendaseins. Der Vater eines Bewohners der Nachbarwohnung erzählte alles Mutter: Anatol verschlafe ganze Tage und manchmal Wochen in seinem Zimmer, vor Mittag bekomme ihn niemand zu Gesicht. Am Abend lese er zwar manchmal, doch erst, nachdem er am Nachmittag ausgiebig Fußball gespielt und sich danach wieder hingelegt habe. Wer einmal sein Zimmer betreten habe, vergesse den Anblick nicht mehr. Er hause auf einer zerschlissenen Matratze, zwischen Bücherstapeln und alten Zeitungen, leeren Gläsern, Flaschen und Gitarren. Die Vorhänge blieben auch tagsüber meist zugezogen.

Zu Hause wurde Anatol zur Rede gestellt. Zunächst schwiegen sich Vater, Mutter und er eine Weile an. Miriam, die hereinplatzte, wurde von Anatol barsch weggeschickt. Dann verlangte er zu erfahren, woher das Gerücht stammte, er sei niemandem Rechenschaft schuldig. Als er nur Kopfschütteln erntete, stand er auf und verließ wutentbrannt das Haus. Dabei gab sich Vater immer unendliche Mühe, um ihn mit interessanten Leuten zusammenzubringen, ihm zu helfen, mit seinem Leben etwas Vernünftiges anzufangen. Anatol reagierte fast nur gereizt darauf. Außer bei diesem reichen Verleger, der ihm diesen Übersetzungsauftrag zuschanzte.

Ein einziges Mal riss zu Hause der Geduldsfaden: Nachdem Anatol ein Dutzend Semester vertrödelt hatte, verkündete er eines Tages, er habe das falsche Studium gewählt und werde sich nun für Jura einschreiben. Eine Mitbewohnerin hatte ihn zu einem Prozess mitgenommen, und Anatol war, wie er für seine Verhältnisse wortreich erklärte, fasziniert vom Schauspiel des Gerichts. Von den verschiedenen Geschichten der Parteien, die sich im Grunde ausschlossen und doch auf ihre Weise jeweils wahr zu sein schienen. Vom Absurden dieses Ringens, ja vor allem davon. Anatol ist anfällig für das Komplizierte. Weil er mit dem Einfachen noch nie klarkam.

Vater stellte es ein für allemal klar: Jedem seiner vier Kinder werde ein Studium bezahlt. Wenn Anatol dies nicht genüge und er einer dieser Sophisten werden wolle, die für Geld alles behaupteten, dann auf eigene Rechnung. Als Rektor des städtischen Gymnasiums hatte Vater ein Gespür, was zu Menschen passte und was nicht. In welchen Berufen sie aufgehen würden und was in die Sackgasse führte. Von der Juristerei hielt Vater wenig. Anatol hätte mehr auf ihn hören sollen.

Ein halbes Jahr später lernte er Sophie kennen, eine angehende Juristin.

★

»Sie werden erwartet: Zimmer 213.«

Die Rezeptionistin schiebt eine Magnetkarte über die Empfangstheke. Ich spüre ihren Blick auf mir, während ich auf den Lift warte. Als ich höre, wie sie das Telefongespräch wieder aufnimmt, beschließe ich, zu Fuß in den zweiten Stock hochzusteigen. Vielleicht fällt so etwas von der Nervosität von mir ab. Nach ein paar Schritten bin ich außer Atem. Der Teppich schluckt alle Geräusche. In meinen Ohren pocht es.

Zimmer 213 liegt am Ende eines langen, dunklen Ganges. Ich klopfe. Keine Antwort. Ich klopfe erneut, diesmal heftiger, wieder bleibt es still. Das falsche Zimmer? Ich schiebe die Karte in den Schlitz. Ein grünes Licht leuchtet auf, ich trete ein. Die Vorhänge sind zugezogen, bis auf einen schmalen Spalt, nur wenig Licht dringt ins Zimmer. Hinter mir fällt die Tür ins Schloss.

Anne sitzt auf dem Bettrand, den Kopf in die Hände gestützt, und wendet mir den nackten Rücken zu.

»Da sind wir also«, sagt sie leise und ohne sich umzublicken.

»Bist du schon lange hier?«

Ich mache einen Schritt zu ihr hin und bleibe stehen.

»Magst du etwas trinken, Anne?«

»Ja, das klingt gut.«

Es klingt traurig.

Sie wendet mir das Gesicht zu, steht auf und kommt auf mich zu, küsst mich auf den Mund, hastig, steht vor mir in ihren Jeans, ich fasse sie bei den Schultern, berühre sie kaum. Etwas sträubt sich, in mir, in ihr. In uns beiden.

Sie geht zum Fenster und schiebt den Vorhang zur Seite, schaut hinab auf die beleuchtete Straße. Ich stelle mich neben sie und nehme ihre Hand. Wir setzen uns auf den Bettrand.

»Und jetzt, Anatol?«

Ich lasse ihre Hand los. Sie ergreift meine erneut und nimmt sie in beide Hände.

»Es ist okay, Anne.«

Sie fährt mir über die Wange.

»Weißt du, Anne …«

Sie legt mir den Zeigefinger auf den Mund.

»Lass uns einfach ein wenig daliegen.«

Wir kriechen unter die Decke. Auf einmal lachen wir. Sie klopft mir mit der Handfläche gegen die Brust.

»Eindrücklich, wir beide. Findest du nicht, Anatol?«

Ich küsse sie sanft auf die Stirn. Sie fährt mir mit der Hand durchs Haar, streichelt meine Wange, dreht mir den Rücken zu, drängt sich rücklings an mich. Ich umarme sie, streichle sie, sie nimmt meine Hände in ihre.

»So fühlt es sich gut an, Anatol. Entschuldige.«

Wir liegen da und lauschen dem Rauschen der Stadt. Irgendwann verflüchtigt sich meine Anspannung, ich spüre meine Müdigkeit an ihrem warmen Körper.

»Lass es uns doch tun«, sagt sie auf einmal.

Sie dreht sich mir zu.

»Bist du noch da, Anatol?«

Ich war in Gedanken bei Manu und der kleinen Ava, bei Timmermann, der das Familienleben nicht ausgehalten hat, und bei Castro, der den Kopf schütteln würde. Anne legt den Kopf auf meine Brust und streicht mir über die Stirn. Wir liegen da, schweigend, irgendwann bemerke ich, dass ihr Atem regelmäßig geht.

Als ich erwache, ist das Bett neben mir leer. Es ist kurz vor zehn. Ich ziehe mich an, verlasse das Hotel und bin noch vor Sophie zu Hause.

Gegen Mitternacht surrt neben meinem Kopf das Handy. Sophie regt sich im Schlaf. Sie wacht nicht auf. Ich schleiche auf die Toilette.

»Gute Nacht, lieber Anatol. Danke.«

»Es war gut, dich zu sehen. Dich so zu sehen.«

Zwei Stunden später surrt es wieder.

»Ich kann nicht schlafen. Magst du am Montag auf einen Spaziergang mit den Kindern mitkommen?«

»Damit wir uns kennenlernen?«

»Ein bisschen kennst du mich ja schon. Immerhin hast du mich halb nackt gesehen.«

★

Als wir uns der Zitadelle nähern, hängt eine schwere Wolkendecke über der Stadt. Oben verlangt die kleine Ava eine lange Pause. Sie habe doppelt so viele Schritte machen müssen, das sei nicht fair. Die Kinder suchen flache Steine, die sie unter der Freiheitsstatue aufschichten, während Anne und ich uns auf die Treppe setzen und aus Plastikbechern billigen Wein trinken. Wir nehmen denselben Weg zurück. Auf der Elisabethenbrücke kommt Anne in den Sinn, dass sie ein paar Kleinigkeiten einkaufen muss. Ich begleite die drei in die Markthalle. Sie kauft rote und weiße Paprika und Fleisch, und ich nehme eine viel zu große Salamistange mit nach Hause. Als ich die Klinke unserer Wohnung hinunterdrücke, beschleicht mich ein Unbehagen.

»Hallo?«

Im Wohnzimmer brennt Licht.

»Wo warst du heute Nachmittag, Anatol? Und wer soll diese Salami essen?«

Sophie sitzt vor einem halbleeren Teller und blättert in einer Zeitschrift. Gedeckt ist für zwei.

»Ich habe dich zu erreichen versucht. Mehrfach.«

Auf dem Handy waren zwei Anrufe.

»Ich war auf dem Gellérthügel. Mit Anne und den Kindern.«

»Anne?«

Meine Handflächen sind feucht.

»Wir haben bei eurem Empfang ausgemacht, bald etwas zusammen zu unternehmen.«

Sie setzt ein routiniertes Lächeln auf. Das ich früher an ihr nicht kannte.

»Du hättest etwas sagen können.«

»Das wollte ich, eben jetzt.«

Sie sieht abgekämpft aus.

»Ich wollte mit dir feiern, Anatol. Wie geht es Anne?«

»Gut. Soweit ich sehen kann.«

»Schön.«

»Die Kinder waren reizend.«

»Die Kleine ist mit euch da hoch?«

Kann man am Misstrauen einer Person ablesen, ob sie selbst dazu Anlass gibt?

»Manu hat Ava auf der Brücke die Ohren zugehalten. Damit die Lastwagen sie nicht erschrecken. Er kümmert sich rührend um seine kleine Schwester, die ihn vergöttert.«

Sophie reibt sich die Augen.

»Ich will dir Anne ja nicht ausreden, und die Kinder sind süß, aber ist sie nicht etwas langweilig? Und arrogant?«

Ich zucke mit den Schultern.

»Erinnerst du dich, wie sie bei uns den Streit mit Colin vom Zaun gebrochen hat? Sie hat ihn richtig zusammengestaucht.«

»Er ist ihr wohl mit seinen Heldengeschichten auf die Nerven gegangen. Colin und die reichen Russen …«

Sie stochert in ihrer Pasta.

»Anne denkt, dazusitzen und schön zu sein, würde in ihrem Fall reichen. Aber was soll's …«

»Du hast recht, was soll's. Weshalb hast du mich zu erreichen versucht?«

Ihre Miene hellt sich etwas auf.

»Ich habe gekocht.«

Sie zeigt in Richtung Küche.

»Hol dir was.«

Ich gehe in die Küche. Die Flasche Champagner, die auf der Ablage steht, ist halb leer.

»Bist du befördert worden, Sophie?«, rufe ich.

Früher haben wir gefeiert, wenn sie einen wichtigen Prozess gewonnen hatte. Oder eine neue Stelle angenommen.

»Erzähl' ich dir gleich …«

Zurück im Wohnzimmer bleibe ich mit der großen Zehe am Teppichsaum hängen. Beinahe falle ich der Länge nach hin. Zwei Broccoli liegen auf dem Boden.

»Pass doch auf!«

»Nichts passiert, Sophie! Fast nichts …«

Sie nimmt einen großen Schluck.

»Was feiern wir?«

Habe ich mir die Geschichte mit Colin am Ende doch nur eingebildet?

»Ich hab' dir von der Ausschreibung für Sopron erzählt, erinnerst du dich? Colin und ich haben im Frühjahr an dem Mandat gearbeitet.«

»Du und Colin, was habt ihr …?«

»Die Ausschreibung für Sopron. Wir hatten den Lead.«

Ich nicke und überlege.

»Ist was, Anatol?«

Ich schüttle den Kopf.

»Hilf mir auf die Sprünge. Worum ging es bei der Ausschreibung?«

»Sopron ist eine Stadt. Das weißt du doch wohl …«

Ich war mit Castro da. Wir sind bei der Geburtstagsfeier einer sehr jungen Frau gelandet, angeblich seine Kusine.

»Worum ging es?«

»14 Millionen für eine Brücke. Vergabe, Abschluss, alles perfekt. Es hat nur so geflutscht.«

»Ich gratuliere.«

»Mehr nicht?«

Sie schaut enttäuscht.

»Ich gratuliere herzlich, Sophie. Ich freue mich für dich.«

Sie nimmt einen weiteren Schluck.

»Colin und ich sind zum Partnerwochenende in Balatonlelle eingeladen.«

»Mit Partnern?«

Sie schüttelt den Kopf.

»Leider nein. Obwohl es Partnerwochenende heißt.«

Sie lächelt und kratzt eine Kalkspur von ihrem Sektglas.

»Kannst du damit aufhören, Sophie?«

»Kannst du dich«, fährt sie mich plötzlich an, »vielleicht etwas für mich freuen!«

»Ja, natürlich …«

»Aber …?«

Sie geht in die Küche und holt sich noch mehr Gemüse.

»Bist du sauer, weil ich mit Anne unterwegs war?«

»Du denkst immer, es gehe nur um dich. Anne ist mir völlig gleichgültig.«

Ich sehe die beiden auf dem Rücksitz einer Limousine. Wie sie gutgelaunt an den Plattensee fahren, ein livrierter Portier eines Grand Hotel ihnen die Tür öffnet. Wie sie sich beim Ausfüllen der Meldekarten verstohlene Blicke zuwerfen.

»Stecken sie erfolgreiche Teams wie euch in ein Doppelzimmer, Sophie? Beim Partnerwochenende?«

Sophies Miene erstarrt.

»Was soll das, Anatol? Bist du jetzt paranoid geworden?«

Sie stößt den Teller von sich.

»Wir sind Arbeitskollegen, verdammt …«

Genau diese Situation wollte ich unbedingt vermeiden. Sie macht eine wegwerfende Handbewegung.

»Es war nicht so gemeint, Sophie.«

Irgendwas sagen, das ablenkt, egal was.

»Zehn Prozent, Sophie. Was ist mit den zehn Prozent für die Aufträge?«

Sophie hält den Kopf schräg. Als habe sie mich nicht richtig verstanden.

»Zehn Prozent. Warum machst du da mit?«

Sie reißt die Augen auf.

»Was kommt jetzt noch alles, Anatol?«

»Zehn Prozent für die ›Nationalpartei‹. Ich mache mir Sorgen, Sophie.«

Sie schlägt mit der flachen Hand auf den Tisch.

»Das sind Spenden, freiwillige Spenden! Niemand ist zu irgendetwas verpflichtet!«

»Das glaubst du nicht wirklich …«

»Es reicht, Anatol!«

Sie springt auf und stößt dabei mit dem Knie gegen das Tischbein, flucht, hält sich das Knie.

»Das hat dir bestimmt Laci erzählt!«

»Das macht es nicht besser, Sophie.«

»So laufen die Dinge nun mal in diesem Land!«

»Sophie …«

Sie geht ans Fenster und schweigt eine Weile.

»Bitte zieh vorläufig aus«, sagt sie auf einmal mit tonloser Stimme. »Ich komme mit all dem hier nicht mehr klar.«

Ich fühle nichts. Außer dass ich meinen Körper nicht mehr spüre. Sophie geht ins Schlafzimmer und schließt die Tür, telefoniert. Eine Viertelstunde später zieht sie die Wohnungstür hinter sich zu.

Zweiter Teil

Ich werde an einem frühen Morgen am Ostbahnhof in den Zug einsteigen. Vielleicht wird Miklós am Gleis stehen und vielleicht Castro. Vielleicht auch Anne. Ich werde langsam Abschied nehmen. Gekommen sind wir, wie alle Paare, die ihre Zeit für knapp halten, mit dem Flugzeug. Meine Kurse werden eine Weile ausfallen. Man wird froh sein über meinen Abgang. Ständig müssen hier neue Leute beschäftigt werden, denen jemand gesagt hat, sie würden an der Akademie gebraucht. Letzte Woche hat der Rektor mit dem früheren Botschafter Ungarns in Rom die Runde gemacht. Ein selbstbewusster, lauter Mann, für den sie im Außenministerium keine Verwendung mehr hatten. Der Rektor hat ›Politik des Mittelmeerraums‹ und ›Italien im 20. Jahrhundert‹ ins Programm genommen und ›Vergleichende Politikwissenschaft‹ sowie ›Geschichte Russlands‹ gestrichen. Niemand hat Fragen gestellt.

Die Pförtner grüßen freundlich, als ich an ihrer Kabine vorbei in Richtung Büro gehe. Ich hebe kurz die Hand. Emre, der Ältere, ruft mir etwas hinterher. Ich drehe mich um und sehe ihn mit einer vergilbten Zeitschrift in der Hand auf mich zukommen.

»Lass sehen!«

Neben einem stattlichen Mann mittleren Alters steht ein schmächtiger Junge im Fußballtrikot. Beide lächeln angestrengt. Der Bildlegende zufolge Ferenc Puskas mit einem unbekannten Fan.

»Das bist du?«

»Ich war dreizehn«, sagt er mit einem verlegenen Lächeln, »vielleicht vierzehn.«

Die Pförtner bewachen das Palais rund um die Uhr. Ich werde sie vermissen. Ich werde das Palais vermissen, die prunkvollen Säle und die breiten Treppen, das Knarren auf den langen Fluren. Die Pförtner halten genau fest, wer hier ein- und ausgeht. Wenn zu viele gleichzeitig kommen, schreiben sie irgendeinen Namen auf. Das Journal müsse voll sein am Ende des Monats, sagt Emre, das sei die Hauptsache. Man müsse sehen, dass hier gearbeitet werde. Wenn ich nachts am Palais vorbeigehe, höre ich manchmal Stimmen.

»Guten Tag, Herr Németh!«, ruft Emre, als dieser einige Meter von uns entfernt über den Hof geht. Németh blickt zu uns herüber, ohne sein Tempo zu verlangsamen, murmelt etwas, berührt seine Schiebermütze und geht weiter zur Bibliothek. Er arbeitet dort oft bis spät. Gleich darüber liegt mein Büro, noch mein Büro. – »Schon zurück aus Ungarn, Anatol? Warum habt ihr euch denn getrennt, ihr wart doch so lange ein gutes Paar? Wirst du wieder übersetzen?«

Kaum sitze ich an meinem Schreibtisch, klopft es. Einer vom Hausdienst im blauen Kittel steht draußen. Er stellt zwei Bilder in mein Büro, mit besten Grüßen vom

Kanzler, mein Zimmer sei etwas kahl. Ich solle mich hier wohlfühlen. Was soll ich mitnehmen, was hierlassen? Auf meinem Schreibtisch wachsen zwei Stapel mit Unterlagen in die Höhe. Als meine Nachbarin zur Linken, eine eben eingestellte Dozentin für Kunstgeschichte, in der Tür steht und fragt, ob ich Zeit für einen Kaffee habe, unterbreche ich die Aufräumarbeit. Ich bleibe eine Stunde bei ihr hängen. Sie erzählt lange von ihrer Tochter, die bald zu studieren anfange, Englisch! Die schräg einfallende Sonne taucht ihr Büro in ein warmes Herbstlicht. Ihr Mann sei Engländer, wir sollten einmal alle zusammen etwas unternehmen.

All dies will nicht so recht zu Abschied passen. Besitzt die Akademie Gästezimmer? Vielleicht könnte sie mir für ein paar Tage oder gar Wochen eines zur Verfügung stellen. Ich könnte in Ruhe überlegen, wo dies alles hinführen soll. Wenn es irgendwo hinführt. Ich müsste bei der Verwaltung fragen, oder vielleicht besser bei Almássy persönlich. Wenn ich ihm begegne, lächelt er stets, als seien wir Komplizen. Er nennt mich beharrlich Bernsteiner, immer nur beim Nachnamen, hält das für geistreich. Es klinge nach Verwandten in New York oder Tel Aviv, sagt er, das täte der Akademie gut. Hier sei die Luft manchmal etwas abgestanden. Die Sekretärin gibt mir am späten Vormittag einen Termin.

Bei der Begrüßung nimmt Almássy meine Hand in beide Hände. Sein Büro wirkt im Vergleich zu meinem luxuriös. An den Wänden hängen Gemälde, in der Mitte steht ein alter Schreibtisch aus Holz, darüber ein mächtiger Leuchter.

»Ich habe viel Gutes über Ihre Kurse gehört, Bernsteiner. Die Studenten kommen gerne zu Ihnen.«

»Woher wissen Sie das, wenn ich fragen darf?«

Er grinst und wischt sich mit dem Taschentuch über die Stirn.

»Von meiner Frau.«

Ich schaue ihn fragend an.

»Ihre Studentin, zweimal die Woche. Sie sehen sie öfter als ich selbst …«

Ich habe meine Kurse bisher einigermaßen entspannt hinter mich gebracht, weil ich stets davon ausging, es interessiere sich ohnehin niemand dafür.

»Wie heißt sie, auch Almássy?«

»Almássyné natürlich. Sie seien unterhaltsam und freundlich, und Ihre Lektionen begännen rechtzeitig.«

Er deutet auf die Polstergruppe in der Ecke. Wir setzen uns. Almássy steht im Ruf, für seine Leute zu sorgen. Gut zu sorgen. Ebenso wie für sich selbst. Almássy sei schlau, sagt Miklós, »den darfst du nicht unterschätzen.« Miklós hat einen guten Draht zu ihm und ist über alles informiert, was im Palais vor sich geht. Als Almássys Meisterstück gilt im Haus, dass er dem Ministerium einen Dienstwagen mit Wildledersitzen abgerungen hat. Zunächst hatte im Ministerium niemand verstanden, warum der Verwaltungschef einer kleinen Akademie einen Dienstwagen brauchte, bis Almássy begann, die Namen von Ministern und Staatspräsidenten einzustreuen, die der Akademie Besuche zugesagt hätten und standesgemäß am Flughafen abgeholt werden müssten. Er könne die Besuche natürlich auch wieder absagen …

»Wie kann ich Ihnen helfen, Bernsteiner? Sie sehen nicht aus, als wollten Sie mir einen Freundschaftsbesuch abstatten.«

Almássy verschränkt die Arme hinter dem Kopf.

»Darf ich ganz offen sein, Herr Almássy?«

»Ich bitte darum.«

»Meine Freundin und ich haben uns getrennt. Gestern. Mir schwimmen gerade die Felle davon.«

Almássy senkt das Kinn, das dabei zu einem Doppelkinn wird, und sieht mich über den Rand seiner Brille hinweg betroffen an. Dann steht er auf, geht zu einem Schrank und kommt mit einer Flasche Unicum Next und zwei Gläsern in der Hand zurück.

»Trennungen sind schrecklich, Bernsteiner. Lassen Sie uns überlegen, was ich tun kann.«

»Ich wollte fragen, ob die Akademie mich eventuell unterbringen kann. Für eine Weile.«

Er gießt uns ein und leert sein Glas in einem Zug.

»In solchen Momenten muss man zusammenhalten. Sie haben mein volles Mitgefühl.«

Hoffentlich nicht nur das. Drei Monate kann ich mich über Wasser halten, dann wird es eng. Almássy geht zu seinem Computer, ich höre es ein paarmal klicken.

»Ich muss schauen. Aber vertrauen Sie mir, wir finden eine Lösung.«

Er setzt sich wieder und erzählt mir von der Trennung von seiner ersten Frau. Alles viele Jahre her, aber das Herz blute ihm noch immer. Sie habe ihn für einen seiner besten Freunde verlassen, während er für sie ihre Abschlussarbeit an der Universität geschrieben habe. Er sei seit ein paar Jahren wieder verheiratet, habe schöne und kluge Kinder, aber die Narben … Er zeigt auf ein großes Foto hinter seinem Schreibtisch, eine fünfköpfige Familie auf der Treppe vor einer Kirche, bleibt weiter ernst.

»So etwas geht einem ein Leben lang nach.«

Am Nachmittag ruft er an.

»Puschkin-Straße, ganz in der Nähe. Ein kleines Apartment. Was sagen Sie?«

»Das werde ich Ihnen nicht vergessen.«

»Ich betrachte es als Notfall, Bernsteiner, aber hängen Sie's nicht an die große Glocke. Dann können Sie bis Weihnachten bleiben.«

Noch am selben Nachmittag zeigt mir die Assistentin die Wohnung. Sie liegt im fünften Stock einer verwitterten Mietskaserne und besteht aus zwei großen, hohen, gelb gestrichenen Räumen. Ein Rundbalkon zum Hof hin verbindet alle Wohnungen der Etage. Durchs offene Fenster dringt Kindergeschrei an unsere Ohren. Sorgen bereitet mir das Knacken der Gasheizung. Von Zeit zu Zeit explodieren in Budapest Gasleitungen. Ich trete ins Freie und schaue in den wolkenlos blauen Herbsthimmel. Die Assistentin stellt sich neben mich und schweigt. Die Wohnung, sagt sie schließlich, werde gelegentlich vom Rektor und vom Kanzler genutzt. Die beiden hätten derzeit keinen Bedarf. Sie lächelt.

Geschenkte Zeit.

Ich fahre zur Köztelek-Straße und packe meine Sachen zusammen. Ich brauche keine halbe Stunde. Als ich im Taxi sitze, trifft eine SMS von Miklós ein.

»Komm zum Abendessen! An solchen Tagen darf man nicht alleine sein.«

Almássy muss es ihm gesagt haben. Er habe auch seinen Nachbarn Tibor und dessen Freundin eingeladen, schreibt Miklós in der zweiten Nachricht. Tibor arbeitet wie wir beide an der Akademie, wir wurden uns an einem Konzertabend vorgestellt. Seine Freundin sei Journalistin. Ich würde die beiden mögen.

Ich will nicht. Miklós schickt mir die Adresse.

»Geht es dir besser, wenn du alleine bist?«

Die Wohnung liegt in der Nähe des Moskauer Platzes.

★

Die Rolltreppe an der Metrostation Moskauer Platz ist lang und steil. Selbst nüchtern muss man aufpassen, das Gleichgewicht nicht zu verlieren. Die Russen haben die Station gebaut, vielleicht eine Warnung an die Ungarn, es nicht zu übertreiben. Als ich eintreffe, steht Miklós mit einem Weinglas im Türrahmen. Er umarmt mich und führt mich ins Wohnzimmer. Auf dem Sofa sitzen Tibor und eine Frau, die sich mir als Melinda vorstellt, Tibors Freundin. Sie arbeite für den *Aufbruch*, sagt sie, als sie mir die Hand reicht. Als gelte es, dies offenzulegen. Über uns hört jemand sehr laut Jazz.

»Die einzige wirklich linke Zeitung im Land«, sagt sie lächelnd, »und wohl die einzige, die man noch ernst nehmen kann. Allzu viele schielen heute nach rechts …«

Sie blickt herausfordernd Richtung Tibor.

»Setz dich zwischen uns, Anatol«, sagt dieser, »lass uns heute das Leben feiern. Wo wir beide uns sonst treffen, bei diesen Akademieversammlungen, geht es normalerweise ja eher gemessen zu.«

Miklós hat es ihnen gesagt. Ich bin der Betreuungsfall. Tibor hebt das Glas.

»Auf alles Gute, was wir noch vor uns haben! Auf dich, Anatol!«

»Wir Ungarn sind gut im Vergessen«, sagt Melinda, die das Glas ebenfalls hebt, »zumindest für einen Abend. Aber das ist ein anderes großes Thema …«

Schon wieder wird mir aus Mitleid zugeprostet. Ich proste zurück, die beiden sind mir sympathisch. Miklós geht in die Küche. Während er dort geräuschvoll herumhantiert, erfahre ich, dass Tibor Wirtschaftsgeographie unterrichtet. Obwohl er Slawistik studiert habe, er bekomme das schon hin. Er biete allerdings nur einen einzigen Kurs an und sei daher selten im Palais.

»Und das bei voller Entlohnung«, sagt Melinda kopfschüttelnd, »eigentlich ein Skandal …«

Sie lacht.

»Bei bescheidener voller Entlohnung!«, korrigiert er sie, ebenfalls lachend.

Die beiden wohnen auf der gleichen Etage wie Miklós. Sie haben einen drei Monate alten Sohn, und die bevorstehende Taufe ist der Grund dafür, dass Miklós mich um die Übernahme seines Seminars in Vilnius gebeten hat. Miklós ist der Patenonkel. Die beiden scheinen sehr glücklich darüber zu sein. Ich will in seiner Gegenwart auf keinen Fall über das Seminar reden. Es war ein sehr heißer Sommertag, als er in mein Büro kam und sagte, ich müsse die Frage, die er mir gleich stellen werde, unbedingt mit ja beantworten. In meinem eigenen Interesse. Ich nickte, mit einem unguten Gefühl – als tue er mir einen Gefallen und nicht ich ihm. Jetzt kommt er mit einer köstlich duftenden Borjúpaprikás ins Wohnzimmer.

»Miklós hat mir erzählt«, sagt Tibor, »dass du in Litauen einspringst. Da hat einer Glück gehabt.«

Ich sitze wie auf Kohlen, proste allen zu und trinke langsam.

»Du hast wirklich großes Glück, Anatol«, sagt Miklós. »Vilnius ist für uns ein …«

»Kann ich dir beim Reintragen helfen?«, unterbreche ich ihn. »Ich will mich hier nicht bedienen lassen …«

Sophie war mit Colin in London, als er mich gefragt hat, ich erinnere mich genau. Ich dachte, etwas wegzufahren täte auch mir ganz gut. Ich war unruhig in jenen Tagen.

»Kaum hier und schon in Vilnius«, sagt Tibor, während er schöpft. »Ich gratuliere, ich hätte das auch gerne gemacht. Aber der Vater muss bei der Taufe ja wohl dabei sein.«

Er klopft mir auf die Schulter. Miklós verschwindet wieder in der Küche.

»Warum Glück, Tibor? Die Reise ist nicht unbeschwerlich, und in Litauen soll es kalt sein.«

»Du bekommst einen Klumpen Gold geschenkt und beschwerst dich über das Gewicht, Anatol!«

Er schüttelt den Kopf.

»Dein Glück, dass für die Taufe nur der Vilnius-Termin infrage kam. Miklós sorgt sich nämlich, dass das Ministerium diese Türe bald schließt und es für ihn am Ende nicht mehr reicht.«

Was hat das Ministerium damit zu tun? Tibor streicht Miklós, der sich wieder zu uns setzt, beruhigend über den Rücken. Sie scheinen sich seit Langem zu kennen.

»Im nächsten Jahr bist du dran!«

»Vilnius?«

Tibor nickt.

»Ich hoffe es. Almássy hätte den Philosophen hingeschickt, wenn ich nicht sofort Anatol ins Spiel gebracht hätte. Anatol spricht als Einziger anständig Englisch. Balazs wäre wohl das Ende von Vilnius gewesen.«

Pal Balazs, neben Németh die zweite legendenumrankte Gestalt der Akademie, ist allgemein gefürchtet. Vor allem wegen seines Einflusses im Ministerium. Seine Wutausbrüche gegenüber den Studenten, bei denen er einen hochroten Kopf bekommt, sind immer wieder Gesprächsthema im Haus. Er spricht mit kaum jemandem, und man sieht ihn fast ausschließlich in Begleitung einer dürren, sehr jungen Frau.

Warum ist Miklós so scharf auf die Reise? Wegen des Geldes? Oder weil sie ihm die Möglichkeit verschaffen würde, für ein paar Tage aus Budapest wegzukommen? Miklós hat sich an der Akademie ganz gut eingerichtet. Neulich hat er mir erzählt, dass in seinen Kursen seit zwei Jahren auch Studenten von der Business School hinter dem Westbahnhof sitzen, das gebe extra Geld. Kurse öffnen, nennt man das hier, damit könne man sein Gehalt nahezu verdoppeln. Viele machten das, er sei doch nicht blöd.

»Wenn die beiden«, Melinda neigt sich verschwörerisch zu mir, »nicht an eurer seltsamen Akademie arbeiten würden, hätte ich längst eine Geschichte darüber gemacht.«

Tibor und Miklós horchen auf.

»Diese seltsame Akademie«, sagt Tibor lächelnd, »wie du sie nennst, bezahlt übrigens unsere Miete. Die paar Forint, die du beim *Aufbruch* verdienst, würden kaum dafür reichen.«

»Ich würde gerne einmal über die Verbindungen der Akademie zur Nationalpartei schreiben, Anatol.«

»Unanständige Verbindungen?«

Sie wiegt den Kopf.

»Nun ja, die Akademie ist eine Art Rangiergleis der Konservativen. Eine Kollegin hat sie einmal ein dicht besetztes Parkfeld genannt und großen Ärger bekommen. Alle wissen das, niemand schreibt mehr darüber …«

Tibors Miene wirkt leicht angespannt, während Melinda spricht.

»Ist es nicht so, Tibor?«, fragt sie und streicht ihm über's Haar.

»Bitte schreib diese Geschichte nicht, meine Liebe. Denk an unseren lieben Sohn.«

»Tibor wäre seinen Job wohl los.«

»Eine Art Sippenhaft?«

»Die Leute wissen schon, wer zusammengehört. Wir bekommen in der Redaktion manchmal Drohungen, wenn wir solche Verbindungen auch nur andeuten.«

Mein Handy surrt. Eine SMS von Castro. Ich habe ihm geschrieben, mein Privatleben sei explodiert.

»Komm in zwei Stunden ins Pigalle. Auch wenn du müde bist, die Ausrede zählt nicht. Frag da nach der Katakombe. Schlafen kannst du, wenn du tot bist.«

Kurz vor zwölf verabschiede ich mich. Als die Straßenbahn auf die Margaretenbrücke holpert, beginnt im hinteren Wagen ein Betrunkener zu randalieren, er tritt mit aller Kraft gegen die Tür, immer wieder, immer heftiger. Sie hält stand. An der Haltestelle mitten auf der Brücke steigt der Mann aus und schreit etwas in den Nachthimmel, einmal, zweimal, dreimal. Als wir wieder losfahren, sehen die Leute in der Straßenbahn ihm nach. Er steht am Geländer und blickt auf die schwarze Donau, aus der Nebel aufsteigt. Darüber die Lichter von den Budaer Bergen.

★

»Der Eingang zur Unterwelt ist dort hinten, wo es dunkel ist.«

Die Schöne hinter der Theke zeigt auf den Vorhang am Ende der Bar. Ich schiebe ihn beiseite und stehe vor einer schmalen Treppe, die steil abwärts führt. Dumpfes Wummern, von tief unten. Ich zögere. Zwei Frauen torkeln mir entgegen, die eine fällt hin, ergreift meine Hand, bedankt sich mit einem schrillen Lachen – »guter Mann!« – und stolpert weiter. Ich steige hinab, stehe vor einer Metalltür und drücke die schwere Klinke hinunter.

Blitzlichter, stampfende Leiber, nackte Rücken, Schultern und emporgereckte Arme, Hitze. Unerträgliche Hitze. Nach ein paar Sekunden tränen mir die Augen. Ich bleibe stehen, schaue zu. Plötzlich ist da eine Hand an meinem Hals. Unverkennbarer Schweißgeruch, Castro.

»Warte einen Moment!«, brüllt er.

Schon ist er in der Menge verschwunden. Augenblicke später steht er erneut vor mir, zwei Pálinka in der Hand, mit schweißnasser, nackter Brust.

»Das hilft!«

Es brennt wie Feuer.

»Scheißleben!«, muss der Säufer in den Nachthimmel gerufen haben.

Castro nimmt mich bei den Schultern und schiebt mich auf die Tanzfläche, mit beiden Händen und festem Griff, legt den Arm um mich und zieht mich an sich. Ich muss husten, heftig husten, bekomme einen Anfall. Niemand nimmt davon Notiz. Castro lacht. Ich ziehe den Pullover und das Hemd aus, sehe ihm zu, wie er eine Frau bei der Hüfte fasst, sie vorwärts schiebt, sich an sie schmiegt, sie sich an ihn schmiegt, sie seine Bewegungen aufnimmt. Sie legt ihre Hand auf seinen Bauch. Ob er sie kennt? Ihre Haare kleben ihr an den Schultern. Sie streicht ihm über Nacken und Rücken, sie fassen sich bei den Händen, nehmen mich in ihre Mitte. Der Kreis wird eng und enger, auf einmal wird mir schwindlig. Ich schließe die Augen, für einen Moment nur, öffne sie wieder.

Plötzlich ist da eine zweite Frau, die sich auch an ihn drängt, zwischen uns tanzt, ich spüre ihre Haare im

Gesicht, wieder Hitze, kaum auszuhalten, ich schwanke erneut. Ich halte mich an der Hüfte vor mir fest, sehe Castros Hände, ihre Hände, nackte Haut an meinem Rücken, ich will mich umdrehen, erneuter Schwindel. Diesmal gehe ich in die Knie. Hoch über mir die Frauen und Castro. Er zieht mich hoch. Ich mache weiter, einfach weiter. Weiter.

Schwarz.

Castro über mir grinst. Da ist blaues Licht und gelbes und rotes, da sind Röcke und Stiefel, Hände auf Brüsten, der Boden zittert, noch immer. Castros Hände unter meinen Achseln, er zieht mich wieder hoch, tanzen – weiter tanzen, bis es nicht mehr weitergeht, er lacht.

Da … – nein! Nicht jetzt!

Zwei Stöße tief aus dem Innern. Alle springen zur Seite. Nur Castro bleibt. Er beugt sich zu mir hinunter, legt mir den Arm um die Schultern und schleppt mich zur Toilette, drückt meinen Kopf unters Wasser, wischt mir den Mund ab, mit bloßer Hand. Er holt seinen Mantel, legt ihn mir über die Schultern.

»Taxi!«, ruft er draußen.

»Zuerst das Geld.«

Glotzaugen.

»Der Rest ist für dich!«

Die Nacht ist auch eine Sonne. Am Ende ist doch nur das Ende. Es ist schwarz und warm und irgendwie tröstlich.

★

Sophie fasste nach dem Unglückssommer rascher wieder Tritt als Anatol. Von ihr war mit dem Tod ihrer Mutter auch eine Last abgefallen. Sie war nicht mehr für die Enkel zuständig, die ihre Mutter sich so sehnlich gewünscht hatte.

Sophie machte keine Anstalten, Anatol ihrem Vater vorzustellen. Sie spürte, dass es nicht gutgehen würde, nicht gutgehen konnte. Als sie dem Drängen ihres Vaters schließlich doch nachgeben musste, arrangierte sie ein Abendessen im Wintergarten seines herrschaftlichen Hauses. Da draußen war es kühl. Der Abend würde nicht ewig dauern. Hans-Georg Effinger stellte präzise Fragen. Er wollte Anatols Perspektiven abschätzen, die natürlich alles andere als verheißungsvoll waren. Nach kurzer Zeit trocknete das Gespräch aus. Anatol sah Effinger an, dass ihm die Beziehung widerstrebte, die seine Tochter eingegangen war. Am Ende des Abends saßen alle nur noch verlegen da. Sophies Bemühungen, das Gespräch am Laufen zu halten, hatten sich erschöpft. Effinger dachte, was im Grunde alle dachten, die die beiden zusammen sahen: Die gut gekleidete Juristin und der verschlafene Schlacks im Baumwollhemd waren eine Verbindung auf Zeit. Vielleicht bestand das Geheimnis darin, dass ein so ambitionsloser Mann wie Anatol Sophie sicher nicht in die Rolle drängen würde, die ihre Mutter eingenommen hatte.

Zum merkwürdigen Arrangement der beiden gehörte auch, dass sie ihn unter Leute brachte, verhinderte, dass er vereinsamte. Die Freunde, die er durchaus besaß, riefen fast immer ihn an, nur selten er sie, obwohl er auf seine Weise an ihnen hing. Er kannte Männer und

Frauen ganz unterschiedlichen Schlags, das musste man ihm lassen. Immer wieder tauchten auch neue Leute auf, die sich um ihn bemühten, aus schwer erfindlichen Gründen etwas an ihm fanden. Selbst als seine Abstürze zunahmen und er kaum mehr aus dem Bett fand, war meist jemand da, der sich um ihn kümmerte. Sophie ermahnte ihn, seine Freundschaften zu pflegen. Sonst würde er alleine dastehen, wenn es darauf ankäme.

★

Es ist halb zwölf, als ich auf die Puschkin-Straße hinaustrete. Den 9-Uhr-Kurs habe ich verschlafen. Das Sonnenlicht blendet so stark, dass sich meine Augen zu Schlitzen zusammenziehen und die Welt dahinter verschwimmt. Der Kanzler fragt in einer SMS, ob alles in Ordnung sei. Ob man morgen wieder mit mir rechnen könne? Anne hat sich ebenfalls gemeldet. Sie will am Nachmittag mit den Kindern auf die Margareteninsel. Manu und Ava hätten nach mir gefragt. »14 Uhr beim Springbrunnen?« In diesem Zustand?

»Korruptionssumpf in Ungarn«, steht auf der Titelseite der Zeitung, die Béla mir zusammen mit dem Kaffee bringt. Auf dem Foto ist die Silhouette des Parlaments zu sehen.

»So läuft's hier«, sagt er lächelnd. »Toast oder Brötchen?«

Die Mineralölmafia – ohne Anführungszeichen – hat über Jahre staatlich subventioniertes Heizöl bezogen, einen Teil davon heimlich zu Diesel weiterverarbeitet und zu Markpreisen abgesetzt, mit satten Gewinnen. Dazu mit Wissen der Regierung, wie sich herausgestellt hat. Weil die eine Hälfte der Händler der Regierung und die andere der Nationalpartei nahesteht, war das Ganze ewig nicht aufgeflogen. Nun aber hat eine gekränkte Geliebte mit einer englischen Zeitung gesprochen, vor ein paar Tagen. Der Wirtschaftsminister hatte sie nach einer dreijährigen Affäre fallengelassen und, wie sie der Zeitung auch anvertraute, eine dumme Nuss genannt. Das Parlament will die Angelegenheit im Eilverfahren zur Verschlusssache erklären. Geheimhaltung für vierzig Jahre, so der Plan, aus Gründen der nationalen Sicherheit. Béla schüttelt den Kopf und lacht.

»Genieß den Tag«, ruft er mir hinterher, als ich mich in Richtung Margareteninsel aufmache, »er kommt nicht wieder!«

Ich sehe Anne schon von Weitem. Sie sitzt auf dem Brunnenrand und winkt. Der Wind treibt trockenes Laub durchs leere Becken, es raschelt, Manu und Ava sind nirgends zu sehen. Anne blickt um sich.

»Schön, dass du hier bist.«

Sie zögert einen Moment.

»… obwohl ich den Eindruck habe, dir täte etwas Schlaf ganz gut.«

Wir gehen ein Stück am Donauufer.

»Sie hat mich rausgeworfen, Anne, vorgestern. Gestern ging es weiter abwärts …«

Sie nimmt mich in den Arm.

»Warum hast du nicht angerufen?«, flüstert sie mir ins Ohr. »Armer Anatol.«

Wir gehen schweigend nebeneinander her.

»Wie geht es dir, Anne? Sind die Verhältnisse bei dir etwas stabiler?«

Sie blickt um sich. Von den Kindern ist noch immer nichts zu sehen.

»Colin und ich hatten gestern eine schwierige Diskussion. Ich habe ihn aus dem Nichts heraus gefragt, wie lange das mit Sophie schon läuft.«

»Warum?«

»Weil er gejammert hat. Wie schwer er und Sophie es gerade hätten …«

»Wie hat er reagiert?«

Die Kinder folgen uns hinter einem Gebüsch.

»Er hat alles abgestritten. Aber so ungeschickt, dass er mir fast leidgetan hat. Er hat es doch tatsächlich gesagt …«

»Was?«

»Ich sei paranoid. Wenn jemand dieses Wort gebraucht …«

Sie lacht und schüttelt den Kopf.

»Er dachte, ich wüsste von nichts. Er war ehrlich überrascht und erschrocken.«

»Passt ein so schlechter Schauspieler zu dir?«

Sie schiebt mich auf einen Seitenweg.

»Schlechte Schauspielerei hat auch Vorteile …«

»Hast du ihm vom Astoria erzählt?«

»Natürlich nicht! Wozu auch?«

Wir dringen tiefer in das Wäldchen ein. Irgendwo rennen die Kinder herum, Anne hakt sich bei mir unter, legt für einen Moment den Kopf auf meine Schulter. Plötzlich steht Ava vor uns.

»Wo ist Manu, Kleines?«

Ava zeigt ins Gebüsch.

»Ich habe im Astoria nichts gespielt, Anatol. Es war, wie es war, es war schön. Hoffentlich auch für dich.«

Manu springt aus dem Gebüsch. Ava jauchzt und schlingt die Ärmchen um den Bauch ihres Bruders. Durchs Blätterdach dringen helle Sonnerstrahlen zu uns hindurch.

»Zur Zeit ist bei uns alles unklar, Anatol. Ich glaube übrigens nicht, dass das mit Sophie wirklich zu Ende ist.«

Sie schweigt lange.

»Er will alles klären, hat er gesagt. Und er hat mich angefleht, nicht alles hinzuschmeißen.«

»Was hast du geantwortet?«

»Gar nichts …«

Sie lächelt.

»… und ich habe ihm vorhin am Telefon gesagt, dass wir beide uns auf einen Spaziergang treffen.«

Sie gibt mir einen Kuss auf die Wange und lacht.

»Es hat ihm die Sprache verschlagen. Er hat kein Wort mehr gesagt.«

Wir gehen eine Zeitlang Arm in Arm und stehen auf einmal vor einem Gehege mit Hirschen. Die Kinder sind aufgeregt.

»Warum hast du dir Colin ausgesucht, Anne – wenn ich das fragen darf?«

Sie legt mir den Finger auf den Mund.

»Ich weiß, was du sagen willst.«

»Was denn?«

»Ganz ehrlich, ich wollte nicht noch einmal einen Verrückten. Reicht dir das?«

Sie schaut mich ernst an.

»Die Verrückten kreisen nur um sich, immer.«

»Siehst du Avas und Manus Vater denn noch?«

»Die Kinder sehen ihn von Zeit zu Zeit. Sie lieben ihn.«

Sie ihn wohl auch, noch immer.

»Ich konnte den Geruch der anderen Frauen nicht mehr ertragen. Eine Weile habe ich mir eingeredet, ich fände es aufregend. Es hat nicht gestimmt.«

Manu erklärt Ava, dass es bei Hirschen auf die Anzahl der Enden ankomme. Der mit den meisten sei der Anführer.

»Da, ein Zwölfender!«

Ava interessiert sich für die Schokolade in Manus Hand. Sie entlockt sie ihm mit ihren geschickten Fingerchen, ganz langsam, und als wir zu einem Gehege mit Schildkröten kommen, beginnt Manu, alle Arten aufzuzählen, die er kennt. Die Zunge der Geierschildkröte, erklärt er, sehe aus wie ein Wurm. Sie werde als Köder eingesetzt. Bald darauf stehen wir vor moosbewachsenen Ruinen. Wir setzen uns auf einen Stein und bleiben, bis es dunkel wird. Am Batthyány-Platz trennen wir uns.

Zu Hause finde ich die Ankündigung meines Vilnius-Kurses in der Mailbox. Ein offizielles Programm, mit Emblem und Schnörkelschrift und Fotos der Dozenten, acht Seiten stark. Mein Foto ist miserabel. Ein kopierter Screenshot. Auf Seite 4 steht: »Akademiedozent Dr. Anatol Barnsteiner aus Budapest bietet einen Kurs

über irische Literatur im 20. Jahrhundert an. Teilnahme-
voraussetzungen: keine.«

Ich muss das Ganze stoppen. Sofort. Ich klicke auf
»antworten«, scrolle nach unten, um zu sehen, wer mir
die Mail geschickt hat, eine Frau Limantas, tippe die Anrede. Doch mir fällt nichts ein, wie ich aus dieser un-
seligen Geschichte herauskommen könnte. Ich sitze vor
dem Computer, die Finger auf den Tasten, eine halbe
Stunde lang geschieht – nichts. Ich muss es Miklós sagen,
dringend. Mich seiner Enttäuschung endlich stellen.

Akademiedozent Doktor Anatol Barnsteiner. Hoch-
stapelei, obwohl ich für die Sache im Grunde ja nichts
kann. In Ungarn darf jeder, der ein Studium abgeschlossen hat, den kleinen Doktortitel tragen. So wurde ich
unverhofft zu dr. Anatol Barnsteiner. Nun bin ich, bestimmt aufgrund eines Missverständnisses, Dr. Barnsteiner geworden. An den kleinen gewöhnt man sich rasch.
Selbst wenn man, wie ich, in seinem ganzen Leben nie
auch nur eine einzige Fußnote veröffentlicht hat. Aber
dies hier, Akademiedozent Dr. Barnsteiner aus Budapest,
ist etwas anderes. Der stotternd vor einer kümmerlichen
Schar litauischer Studentinnen und Studenten steht. Auf
keinen Fall.

»Auf keinen Fall absagen«, hat mir Miklós eingeschärft,
»sonst verlieren wir den Slot. Die Akademie braucht ihn
für die Anerkennungen.«

Was er mit Anerkennungen gemeint hat? Für einen
Rückzug per E-Mail ist es zu spät. Und für eine spon-
tane Absage, wegen Krankheit oder einer Erkältung, viel
zu früh. Was würde Castro tun?, frage ich mich in meiner

Verzweiflung. Er würde hinfliegen, auf jeden Fall, irgend-was erzählen, das sich in ein paar Stunden aneignen ließe; die Reise würde er sich nicht entgehen lassen. Drama-tisch natürlich, das ist das Entscheidende, würde er sagen, und er würde Gruppenarbeit anordnen, sobald er nicht mehr weiterwüsste. Am Abend würde er mit den Stu-denten feiern.

Meine deutsche Trevor-Übersetzung auf den Tisch legen? Einfach reden, bis mir die Worte ausgehen? Auch mit schlechten Karten kannst du gewinnen, würde Cas-tro sagen. Du musst nur wollen – und etwas Glück haben. Und du musst die Karten richtig spielen.

★

Heute habe ich zum ersten Mal gefroren, als ich am Morgen aus dem Haus ging. Ich bin noch einmal zurück gegangen, um den Wintermantel zu holen, und habe in der Innentasche die Flugtickets vom Januar gefunden. Sophie hatte sie mir zugesteckt, als wir auf dem Rollfeld auf den Abflug warteten. Oneway-Tickets. Sophie mel-det sich nicht, und ich rumple einfach weiter. Manchmal fehlt sie mir, und manchmal nicht, und manchmal fehlt mir ihr Fehlen. Bis Weihnachten habe ich eine Gegen-wart. Es kann rasch kalt werden in dieser Stadt.

Die Studenten haben eine Flasche Unicum vor mein Büro gestellt. »So etwas kann passieren«, steht auf einer Karte, auf der das Rudasbad und ein paar halbnackte Ge-stalten abgebildet sind. »Gesundheit, Herr dr. Barnstei-ner!« In diesem Haus bleibt nichts geheim. Wer etwas weiß, erzählt es denen, die er für seine Freunde hält, und weil alle auf Freunde angewiesen sind, wird jedes Gerücht sofort zur Handelsware. In einer Buchhandlung, die ich von Zeit zu Zeit besuche, rät mir der Besitzer zu einem Roman von Antal Szerb: »Szerb, Herr Barnsteiner, den müssen Sie lesen, wenn Sie das Land verstehen wollen.«

An einem Abend Ende Oktober entdecke ich im Centrál von der Galerie aus Laci, der alleine an einem Tisch in der Nähe des Eingangs sitzt. Er sieht mich nicht und schaut ständig auf sein Handy. Ich gehe die Treppe runter und tippe ihm auf die Schulter, er schnellt herum. Sein Gesicht verzieht sich zu einem Grinsen.

»Anatol!«, ruft er, obwohl ich direkt vor ihm stehe. »Bist du alleine hier?« Er deutet auf den Stuhl gegenüber.

»Ich muss dich aber warnen«, sagt er entschuldigend, »bald kommt noch jemand. Dann muss ich dich bitten zu gehen. Du verstehst …«

»Natürlich. Was Wichtiges?«

Sein Lachen könnte der Grund gewesen sein, dass Sophie nichts mit ihm zu schaffen haben mochte.

»Wie behandelt dich gerade das Leben, Anatol?«

Bevor ich antworten kann, beginnt er, eine SMS zu schreiben. Er starrt auf das Display und lächelt vor sich hin.

»Entschuldige, ich muss mein Leben organisieren. Da passiert gerade einiges.«

»Sind die Frauen hinter dir her?«

Er schaut auf.

»Diesmal liegst du richtig.«

»Ist der Kanzlei die Arbeit ausgegangen, dass du um diese Zeit bereits unterwegs bist?«

Er schüttelt den Kopf und tippt weiter.

»Mich brauchen sie ja nicht mehr …«

Seufzend legt er das Handy beiseite.

»Sei froh, Laci.«

Er lächelt bitter.

»Für manche läuft's in der Kanzlei aber prächtig. Insbesondere für deine Sophie …«

Sein Handy piepst, eine SMS. Er liest sie, sichtlich zufrieden, und verschränkt die Arme vor der Brust.

»Wieso prächtig, Laci? Ich bin mal wieder nicht auf dem neuesten Stand, wie du siehst.«

Er streckt den rechten Arm aus und legt die Hand auf meine Schulter.

»Der Wind wird wieder drehen, Anatol, glaub mir …«

Mache ich einen derart desolaten Eindruck?

»Du bist ein netter Kerl«, sagt er und blickt zur Tür, »und deine Sophie hat schon verdammt viel Glück.«

Ich schaue auf mein Handy. Nicht schon wieder über sie reden. Ich tue, als sei gerade eine SMS angekommen.

»Jetzt kann sie von Horváth haben, was sie will.«

»Einen Augenblick, Laci …«

»Hörst du mir zu, Anatol?«

»Sopron, immer noch?«

Er schüttelt den Kopf.

»Kannst du nicht wissen …«

Er wartet, bis ich ihn anschaue.

»Heute Nachmittag kam der Bescheid: 614 Millionen für die Mitteleuropa-Autobahn.«

»Forint?«

»In welcher Welt lebst du, Anatol?«, er schüttelt lachend den Kopf. »Halb Ostungarn wird davon profitieren. Die Parteikasse des künftigen Justizministers natürlich auch, wie du weißt.«

Das Ostungarn-Mandat! Sophie hat eine Weile ständig davon gesprochen. Ich habe nie richtig hingehört. Es klang nach stillgelegten Fabrikanlagen und rostigen Stahlträgern, irgendwo im Niemandsland. Mein Herz beginnt auf einmal heftig zu pochen. Sophies Komplizenschaft hat viel größere Dimensionen, als ich gedacht habe. Nein, hier wird nicht einfach etwas EU-Geld abgezweigt und politische Macht gekauft, sondern im ganz großen Stil betrogen. Das muss sie ins Gefängnis bringen, wenn es rauskommt, sie und Colin!

»Immer noch schwierig wegen dem anderen, Anatol?«

Ich muss Anne anrufen. Ich muss wissen, was sie darüber denkt. Ich bezahle und verabschiede mich mit knappen Worten. Als ich den inneren Ring überquere, fährt mich beinahe eine Tram an. Im letzten Moment springe ich zur Seite. Meine Gedanken waren gerade bei dem Abend, an dem Sophie und ich ihren Eintritt in die Staatsanwaltschaft gefeiert haben.

★

Eine Gruppe Studenten stürmt ins Frank Zappa, als Anne sich gerade setzen will. Um diese Zeit gibt es sonst kaum Gäste. Ein Student fällt krachend gegen einen Stuhl, mein Tee schwappt über, und wir verziehen uns an einen Tisch vor der Toilette. Neben uns rauscht die Spülung.

»Warum wolltest du am Telefon nichts sagen, Anatol?«

»Weißt du …«

»Ist Sophie …?«

»… schwanger? Nicht dass ich wüsste.«

Sie blickt mich misstrauisch an.

»Es geht um die Kanzlei, Anne. Um das, was die beiden da tun.«

Sie zuckt mit den Schultern.

»Ich dachte, das, was Anwälte überall auf der Welt tun. Ihren Klienten einreden, Nachsicht mit der Gegenseite belohne bloß deren Niedertracht … Etwas in der Art.«

Wir lachen beide kurz.

»Was ist los, Anatol?«

»Die beiden sind da in etwas hineingeraten, Anne, etwas Kriminelles. Es ist ihnen aber wohl selbst nicht klar.«

Sie legt den Kopf schief und mustert mich.

»Willst du mir sagen, dass wir sie retten müssen?«

Ich zucke mit den Schultern.

Sie schürzt die Lippen.

»Vielleicht vögeln sie gerade irgendwo herum, Anatol. Aber kein Problem …«

»Hör mir für einen Moment zu.«

Sie schaut aus dem Fenster, während ich erzähle.

»Macht die Kanzlei das schon lange?«

»Die beiden sollten wohl das Geschäftsmodell optimieren. Horváth und seine Leute dachten bestimmt, wenn die beiden einmal tief genug drinstecken, können sie nicht mehr raus.«

Sie schüttelt den Kopf.

»Ach Colin, und ich dachte immer, du seist ziemlich smart.«

»Wenn das rauskommt, verlieren sie zumindest ihre Zulassung. Vielleicht landen sie aber auch im Gefängnis. Vermutlich haben sie von der Sache mit den Spenden am Anfang wirklich nichts gewusst.«

Sie nickt langsam.

»Warum haben sie sich da reinziehen lassen?«

»Sie haben sich die Dinge wohl schöngeredet, vermute ich. Sie wollten dazugehören und zeigen, wie gut sie sind. Sophie hat sofort abgeblockt, als mir herausgerutscht ist, dass ich von den Spenden weiß. Vielleicht wähnen sie sich auch wegen des großen Namens Dillon & Dillon in Sicherheit.«

Anne starrt auf den Tisch.

»Eines Tages musste das doch rauskommen! Allein schon, weil es dieser Laci jedem Dahergelaufenen erzählt.«

»Jedem Dahergelaufenen?«

Sie blickt kurz auf und fährt mir mit der Hand über die Wange.

»Sie betrügt dich, lieber Anatol, und du machst dir Sorgen um sie. Du bist schon besonders.«

»Besonders dumm?«

Sie schaut aus dem Fenster.

»Nicht dumm, nein … Es ist etwas anderes.«

Sie schweigt eine Weile.

»Dumm sind die beiden«, sagt sie schließlich, »ich mag mir das alles aber gar nicht ausmalen.«

»Willst du zusehen, wie sie sich selbst erledigen?«

»Sollen wir das verhindern, Anatol? Sind wir deshalb hier?«

»Ja … vielleicht. Darüber denke ich seit gestern Abend nach.«

Sie schaut mich ernst an.

»Weil Schadenfreude nicht anhält?«

»Wahrscheinlich.«

»Lieber dumm und betrogen als … was auch immer?«

»Vermutlich.«

»Du hast recht, es passt schon zu Colin, dass er sich diese Geschichte zurechtgezimmert hat.«

Sie schüttelt den Kopf.

»Als ich ihn kennengelernt habe, fand er alles an mir toll. Ich habe ihm immer mehr über mich erzählt, was ihn hätte misstrauisch machen müssen, doch er fand alles einfach wunderbar. Seine Begeisterung hat mir so gutgetan.«

Sie lächelt.

»Was einen am Anfang irritiert, Anatol, geht aber nie wieder weg. Ich weiß, wovon ich spreche.«

»Fällt dir keine Möglichkeit für die beiden ein, ihre Haut zu retten?«

Sie zuckt mit den Schultern.

»Wenn sie die Karten offen auf den Tisch legen?«

»Zur Staatsanwaltschaft gehen?«

»Ich weiß es nicht, Anatol.«

»Horváth hat bestimmt auch da seine Freunde. Dillon & Dillon würde versuchen, möglichst viel auf die beiden zu schieben.«

»Und wenn sie das Ganze stoppen, richtig stoppen? Ohne dass alles öffentlich wird?«

»Wie könnten sie das, Anne?«

»Die Geschichte könnte Dillon & Dillon vielleicht weltweit in den Abgrund reißen. Die großen Chefs in Chicago müssten ein Interesse daran haben, Budapest zu stoppen.«

»Was willst du damit sagen?«

»Sophie und Colin sollten mit dem Headquarter in Chicago sprechen, ihnen alles beichten. Dann könnten sie sagen, dass sie das ihnen Mögliche getan haben.«

»Soll ich es ihnen sagen, Anne?«

★

Im zweiten Jahr ihrer Beziehung wollte Sophie Anatol erstmals verlassen. Sie sagte es ihm nicht, er ahnte es, das Ende lag in der Luft. Er kam damals eine Zeitlang fast gar nicht mehr aus seinem Zimmer, hob das Telefon nicht ab und rief nicht zurück, lag den ganzen Tag nur im Bett, bis Sophie eines Nachmittags in der Wohngemeinschaft aufkreuzte und die Fenster aufriss. So gehe es nicht weiter. Sie nahm ihn für ein paar Tage zu sich. Als ihn kurz darauf ein Freund anrief, der am Earl's Court in London eine Pension führte, und ihn einlud, eine Weile bei ihm mitzuhelfen, sagte er spontan zu. Ein paar Monate England würden ihm guttun, fand Sophie. Am Abend vor der Abfahrt betrank er sich. Sophie war traurig, als sie ihn zum Zug begleitete.

Kurz darauf schlief sie mit ihrem Vorgesetzten bei der Staatsanwaltschaft, wo sie kurz zuvor angefangen hatte. Anatol arbeitete bereits an der Empfangstheke des Beaver in London und versuchte in diesen Tagen immer wieder vergeblich, sie anzurufen. Erst nach vier Tagen erreichte er sie. Sie hatte ihm vor der Abfahrt von Alex erzählt. Wie ihr Vorgesetzter ihr bei einem Mittagessen zugeflüstert habe, er sei sich nicht sicher, ob ihre Schönheit oder ihre Intelligenz aufregender sei. Ziemlich dreist, hatte sie gesagt und den Kopf geschüttelt. Am selben Nachmittag habe er ihr geschrieben, sie gehe ihm nicht mehr aus dem Kopf, er reagiere körperlich auf sie. Anatol hatte ihren Zorn gespürt. Sie müsse Alex' Verhalten an sich dessen Chef melden, sagte sie, was er meine, sich erlauben zu können. Doch Anatol vermutete, ihr Zorn galt auch ihm. Ihr Begehren, begehrt zu werden, drohte zu verkümmern, seinetwegen. Das war ihm längst klar.

Einmal merkte er, dass sie ihm am Telefon etwas sagen wollte. Sie setzte mehrmals an, schwieg dazwischen länger, wirkte sehr nachdenklich. Anatol stand auf einmal der Schweiß im Nacken, und er beendete das Gespräch, er müsse los, bis bald. Eine Ahnung hatte ihn befallen; Sophie hatte Alex seit seiner Abreise nicht mehr erwähnt, es musste um ihn gehen. Er stellte sich vor, wie sie mit dem Mann schlief, sich ihm hingab, und wie er ihr Dinge sagte, die er selbst nie sagen würde. Bewundernde Worte über ihre Klugheit, ihr Kleid, den Geruch ihres Bauches, die Form ihrer Brüste und dass er nicht genug von ihr bekommen könne. Er merkte, dass sie froh war, wenn er nicht anrief und wartete, bis sie sich meldete. Höchstens einmal die Woche.

Ansonsten fühlte Anatol sich wohl in London. Die Arbeit im Beaver sagte ihm zu, und er war innerhalb kurzer Zeit ein Teil von Niklaus' kleiner Familie geworden. Er schlief in einer Kammer in ihrer Wohnung in Islington, verstand sich bestens mit Niklaus' Frau Kisha und der dreijährigen Tochter Alice sowie dem Kater Cooper, der über Nacht häufig wegblieb. Niklaus und Kisha luden oft Freunde ein. Anatol erzählte Sophie am Telefon von den Einladungen: von der mitteilsamen Kate, dem versoffenen Tim, der kein Spiel von Tottenham verpasste, von Clarissa und der schönen Eve, die als Sekretärin arbeitete und Schauspielerin werden wollte. Ob er diese Freunde und Freundinnen auch alleine treffe? Manchmal, antwortete er. Am nächsten Abend rief Sophie wieder an. Sie sprachen zum ersten Mal länger als eine Stunde. Es war vor allem sie, die redete, und zwei Tage später meldete sie sich erneut und von da an regelmäßig. Nun oft auch spät. Anatol wunderte sich über ihr plötzliches Bedürfnis nach Nähe. Dann stand sie an einem Samstag, ohne sich angekündigt zu haben, auf einmal neben der Empfangstheke. Er unterhielt sich gerade mit zwei Rucksacktouristinnen, war guter Stimmung. Sie fiel ihm um den Hals und brachte im ersten Moment keinen Ton heraus. Als sie miteinander schliefen, war ihm, als seien sie nie inniger zusammen gewesen.

Dass Anatol selbst in London auf Abwege geraten war, ahnte Sophie. Doch sie wagte es nicht, ihn auszuhorchen, wie sie es unter anderen Umständen zweifellos getan hätte. Nach einer Einladung bei Niklaus hatte ihn dessen Freundin Emily gefragt, ob er sie einmal ins Theater begleiten wolle. Die meisten interessierten sich bloß für Filme, sagte sie, in Wahrheit aber seien die Theater das Aufregende an London. Sie hatte Gefallen an Anatols seltsamem Humor gefunden, für den England ein gutes Pflaster war. Während der Vorstellung hatte er ihre Knie studiert. Er konnte sich nicht vorstellen, sich in sie zu verlieben, doch er fühlte sich wohl in ihrer Gegenwart und hatte vor, die Nacht mit ihr zu verbringen. Als sie die Tube bestiegen, musste er wieder einmal an Castro denken und fragte sie beiläufig, ob sie ihn mit nach Hause nähme. Er rechnete fest damit. Ihr Gesicht versteinerte, und sie entschuldigte sich ein halbes Dutzend Mal; sie hätte das Missverständnis vorhersehen müssen. Anatol beruhigte sie, brachte sie nach Hause und konnte bis zum Morgen nicht einschlafen.

★

Ich drücke die Klingel der Wohnung, die bis vor Kurzem meine war. Alles ist dunkel. Es rasselt verdruckst. Ich wollte mich mutig fühlen, als ich angeboten habe, es den beiden zu sagen. Ich drücke noch einmal, diesmal nach ein paar Sekunden energische Schritte. Die Tür öffnet sich einen Spaltbreit.

»Anatol …?«

Sophie kneift die Augen zusammen.

»Sophie … ich …«

»Was soll das, Anatol?«

Sie schüttelt den Kopf.

»Ich bin nicht wegen uns hier.«

»Nicht jetzt, geh bitte …«

»Sophie, ich …«

Der Spalt ist etwas kleiner geworden.

»Wir können morgen reden. So geht das nicht!«

Er ist hier.

»Ist euch beiden eigentlich klar, in welche Lage ihr euch hineinmanövriert habt? Als Spezialisten für Vergabe… betrug?«

»Das passt nicht zu dir, Anatol! Früher fandest du alles Theatralische …«

»Das ist kriminell, Sophie. Ihr landet im Gefängnis, wenn ihr Pech habt.«

»Ich bin wirklich sprach…«

»Lass mich rein, Sophie. Mir ist schon klar, dass du nicht alleine bist.«

Unten betritt jemand das Treppenhaus.

»Lass ihn rein«, höre ich Colin flüstern.

Er steht wohl hinter der Tür.

»Ich lasse mich nicht überfallen, verdammt nochmal!«

Ein junger Mann mit über den Kopf gezogener Kapuze geht zögernd an mir vorbei. Sophie und Colin tuscheln, sie tritt beiseite.

»Also, komm rein!«

Sophie verschwindet im Bad. Colin sitzt in T-Shirt und Unterhose auf einem Stuhl. Er geht ins Wohnzimmer.

»Du kennst dich hier besser aus als ich«, sagt er entschuldigend, »wollen wir das Licht anmachen, Anatol?«

»Nein.«

Colin lässt sich in einen Sessel fallen. Meinen Sessel. Während ich mich aufs Sofa setze. Sophie flucht draußen im Bad.

»Ist das alles nicht absurd?«, sagt er.

Ich sage nichts. Wir warten, bis Sophie aus dem Bad kommt. Sie setzt sich neben Colin auf den Boden.

»Ihr seid gerade dabei, euch um Kopf und Kragen zu bringen. Anne und mir ist das nicht gleichgültig.«

»Anne und dir?«, fragt Colin.

Die Schatten gegenüber bewegen sich, flüstern.

»Wir wissen, womit ihr eure Tage in der Kanzlei verbringt und welche Parteikasse davon profitiert. Wir wollen euch nur nicht dabei zusehen, wie ihr …«

»Anatol, warum machst du das? Es geht dir doch nicht …«

»Lass ihn reden, Sophie!«, unterbricht er sie. Dass ich Anne ins Spiel gebracht habe, hat ihn aufgeschreckt.

»Wir wollen, dass ihr da wieder herauskommt, ungeachtet des ganzen Rests.«

»Anatol, du …«

»Ihr denkt wohl, bloß weil dieses Geschäftsmodell eine Weile funktioniert hat, kann euch nichts passieren.«

»Stopp, Anatol!«

Colin steht auf und holt sich ein Glas Wasser.

»Horváth wird bald Justizminister, Sophie. Eines Tages wird es heißen, die Regierung habe mit EU-Geldern die Wahl gekauft, mit tatkräftiger Unterstützung ausländischer Spezialisten. Und Spezialistinnen, wie man anfügen muss, und zwar einer weltweit bekannten Anwaltsfirma.«

»Das stimmt alles so nicht!«, zischt sie. »Du machst die Geschichte viel größer, als sie ist. Wir nutzen die Spielräume des Rechts, wie alle Anwälte auf der Welt. Unsere Kriterien für die Vergaben richten sich nach den Urteilen der Europäischen Gerichte.«

»Und was ist mit den Zwangsspenden? Und damit, dass ihr die Kriterien so lange zurechtschustert, bis die ausgewählten Firmen auch sicher zum Zug kommen?«

»Es gibt keine Unschuldigen hier, falls du es noch immer nicht begriffen hast!«

Sie schlägt mit der Handfläche auf den Boden.

»Auf keiner Seite, Anatol! Hier kannst du mitspielen oder verschwinden.«

Eine Weile sagt keiner ein Wort.

»Was hättest du früher von dieser Geschichte gedacht, Sophie?«, versuche ich es schließlich vorsichtiger.

»Ach, Anatol … Du hast ja keine Ahnung!«

Colin geht zum Fenster, öffnet es, streckt den Kopf an die frische Luft.

»Du hättest das Ganze einen ausgeklügelten Betrug genannt, Sophie. Und du hättest gefragt, wie man so dumm sein kann, in eine solche Geschichte hineinzugeraten.«

»Hör auf, Anatol. Auch wenn du es vielleicht gut …«

»Ihr beide müsst dafür sorgen, dass es aufhört. Wenn ihr euren Kopf retten wollt. Vielleicht über eure Chefs in Chicago.«

Colin schließt das Fenster und setzt sich neben Sophie auf den Boden.

»Wie stellst du dir das vor?«

»Ihr müsst mit den Oberbossen reden. Mit diesem Dillon und diesem Liebermann in Amerika, die meines Wissens das Sagen haben.«

»Anatol, hör bitte …«

»Ihr müsst«, unterbreche ich sie erneut, »ihnen klarmachen, dass ihr zu spät begriffen habt, was hier vor sich geht.«

Colin flüstert Sophie etwas ins Ohr.

»Ihr müsst hinfliegen. Am besten schon morgen. Und euch vorher bei Liebermann und Dillon ankündigen.«

»Verdammte Scheiße!«, entfährt es Colin.

Gilt dies mir? Ihm selbst?

»Anatol«, sagt Colin auf einmal, »es ist besser, du gehst jetzt.«

Er wirft mich hinaus. Aus meiner eigenen Wohnung, sozusagen. Und Sophie schweigt.

★

In Warschau muss ich in eine Aeroflot umsteigen. Eine hektische Männerstimme mahnt uns, uns zu beeilen. Wir drängen uns im Shuttlebus zusammen. Beim Anblick des Schriftzugs auf dem Rumpf muss ich an Tobias denken. An die Plastikflugzeuge, mit denen wir im Sandkasten hinter dem Haus spielten, und an die Nachbarskinder aus dem Block, die manchmal herüberkamen. Fast jedes Mal gab es Streit. Die drei großen Flugzeuge waren begehrt: die TWA, die Sabena und die Lufthansa. Während mit der kleinen Aeroflot mit den fremden Buchstaben und der abgebrochenen Schwanzflosse niemand spielen wollte. Bis Mutter sagte, das sei die der Russen. Die der Russen! Die fremde Schrift, von der niemand Notiz genommen hatte, flößte uns auf einmal Respekt ein.

Nun prangt der blaue Schriftzug auf der Lehne meines Vordermannes. Immer wenn er sich in den Sitz zurückwirft, was alle paar Minuten der Fall ist, erzittert die Lehne. War die Schrift früher rot? Der Mann gehört zu einer Gruppe junger Männer, die mir beim Einsteigen unangenehm aufgefallen sind. Einige haben Tätowierungen auf den Händen und am Hals. Sie unterhalten sich lautstark über die Sitzreihen hinweg, so dass sich die Fluggäste nach ihnen umdrehen. Vorhin hat einer einen Schlachtgesang angestimmt. Als die Flugbegleiterin ihn gebeten hat, damit aufzuhören, haben seine Freunde geklatscht und gejohlt. Vorboten des Windes, der mich in Vilnius erwartet? Die Flugbegleiterin meidet auch mit mir Augenkontakt.

Acht Lektionen. Zweimal habe ich die Programmleiterin, Frau Limantas, angeschrieben und sie um ein Entgegenkommen gebeten, man möge meinen Kurs bitte verkürzen, auf sechs oder besser vier Präsenzlektionen. Ich würde den Teilnehmenden umfangreiche Lesepensen aufgeben, der Kurs sei jetzt schon aufwändig. Ihre Antwort lautete, es hätten sich neun Studenten eingeschrieben, und ich könne mich mit Fragen jederzeit an sie wenden. Ich habe nachgehakt. Sie hat mir nochmal das Kursprogramm geschickt. »Danke, Herr Dr. Barnsteiner, dass Sie unser Programm bereichern.« Ich blättere in den Notizen auf meinem Schoß. Stichworte, die vage Sinn ergeben, fast alles habe ich aus Zufallsquellen im Internet.

Mein Sitznachbar, der die Mittellehne vollständig besetzt und auch zur Gruppe gehört, hat sich in die Diskussion eingeschaltet, es klingt Bulgarisch – nicht dass ich Bulgarisch könnte. Er spricht sehr laut und durchdringend, und plötzlich schlägt er mit der Handfläche auf den Kopf seines Vordermannes. Der brüllt los, steht auf und versetzt meinem Nachbarn einen Faustschlag auf den Bizeps, beide brüllen und lachen, ein Horror. Vilnius sei ein spannendes Experiment, habe ich mir eingeredet. Eine Übung in Improvisation, die mich weiterbringen werde. In Wahrheit ist es eine Übung im Überleben. Dass ich an einer Wirtschaftshochschule unterrichte, ist ein schwacher Trost. Zwar kann da vermutlich mit einigem Unverständnis für Literatur gerechnet werden, aber in meinem Hirn befinden sich einfach zu wenige Informationen, um heil aus all dem herauszukommen.

Und wenn ich erzählen würde, wie alles gewesen sein *könnte*? Wie Castro es täte. Mich von allen Zwängen befreite; ich werde nie mehr nach Vilnius kommen. Ich könnte Miklós wieder unter die Augen treten. Ich müsste alles, was ich weiß, als bloßen Ausgangspunkt betrachten, als Rohmaterial, das es lustvoll weiterzuentwickeln gilt. Und mich ganz in die Geschichte hineinbegeben. Mit ihr eins werden, für ein paar Stunden, Castro spielen.

Aber wo anfangen? William Trevors Vater war Banker. Zu Bankern will mir beim besten Willen nichts einfallen. Ich könnte ihn zum Buchhalter machen, vielleicht einer kleinen und maroden Firma, deren Bilanzen er schönte, um den Konkurs zu vermeiden. Gepeinigt vom schlechten Gewissen, bis ihn der Betrug so sehr runterzog, dass er in eine Depression verfiel. Der kleine William litt unter der Krankheit des Vaters. Er suchte Zuflucht bei der Mutter, einer Alkoholikerin, und fing mit dreizehn Jahren an zu schreiben. Flucht in eine Gegenwelt, Jugendgedichte, nicht erhalten. Ein Alan Taylor, Lecturer in Birmingham, hat eine Powerpoint-Präsentation zu Trevor ins Netz gestellt. Ich habe ein paar Slides angepasst, was eine Stunde bringen dürfte. Filmsequenzen wären ideal gewesen: Schwarzweißaufnahmen von Dublin und seinen Gässchen, kleinen Jungs mit Schiebermützen, die sich mit einem gestohlenen Huhn aus dem Staub machen. Ich hätte früher darauf kommen sollen. Was immer in den nächsten Tagen geschieht, beruhige ich mich selbst, in hundert Stunden bin ich wieder in der Luft. Für immer weg. Ich könnte jetzt mit einer Zeitung im Centrál sitzen, geht mir durch den Kopf, oder vielleicht mit Anne und den Kindern einen Spaziergang machen. Oder mit Castro unterwegs sein, als Beifahrer oder Trittbrettfahrer, was auch immer.

Beim Aussteigen in Vilnius nimmt mir ein eisiger Wind beinahe den Atem. Ich eile im Schutz einer Menschengruppe zum Terminal. Mein Koffer wird eingehend untersucht, geschlagene zwanzig Minuten lang. Der Zöllner schaut mich immer wieder misstrauisch an, flüstert seinem Kollegen, der gleichgültig dasteht, eindringlich Worte zu, es läuft mir kalt den Rücken hinunter. Ich will das alles nicht! Verdammt nochmal, ich kann es nicht! Ich werde morgen früh gleich die Reißleine ziehen und die ganze verfluchte ›Lecture Series‹

ins Wasser fallen lassen. Ich werde Migräne vorschützen. Dann fliege ich mit der nächsten Maschine zurück. Ich wünsche dem Zöllner, der mich verwundert anblickt, zackig einen schönen Abend.

»Herr Doktor Barnsteiner?«

Die junge Frau, die in der Ankunftshalle vor mir steht, muss die Assistentin sein. Sie nennt mir ihren Namen, ich kann ihn mir nicht merken. Ich frage noch einmal nach und vergesse ihn erneut, zu lang und zu kompliziert. Wie der Flug gewesen sei? Ich fasse mir an den Kopf. Wo ich denn ein Mittel gegen Kopfschmerzen herbekommen könne? Sie kramt in ihrer Handtasche und reicht mir eine Tablette. Auf der Fahrt ins Hotel schlägt sie vor, einen Arzt zu rufen. Nein, bloß ein Anfall, versichere ich, das komme vor und gehe vorüber. Sie blickt skeptisch, wieder einer von dieser Sorte, reicht mir eine zweite, größere Tablette, die ich ebenfalls schlucke.

Im Hotel schaue ich in die Mailbox. Keine Nachricht aus Chicago. Obwohl Sophie und Colin, die zu meiner Überraschung am Morgen nach unserem Gespräch wirklich abgeflogen sind, längst angekommen sein müssten. Colin sei zu dem Schluss gekommen, hat mir Sophie vor meinem Abflug in einer SMS mitgeteilt, er könne dies alles seiner Mutter nicht antun. Sie müssten es stoppen. Damit habe er für sie mitentschieden. Ob richtig oder nicht, wisse sie nicht.

Nichts von Anne.

Mitten in der Nacht poltert jemand gegen meine Tür. Vielleicht ein Betrunkener, ich ziehe mir das Kissen über den Kopf. Er rüttelt am Türgriff, was mich endgültig aus dem Schlaf reißt. Viertel vor acht! Ich habe verschlafen, wohl wegen der Tablette.

»Herr Doktor Barnsteiner! Sie müssen sich beeilen. Wir müssen in dreißig Minuten im Seminarraum sein!«, ruft die Assistentin.

»Was …?«

»Beeilen Sie sich, Herr Barnsteiner!«

Wie in Trance streife ich mir die Kleider über. Kurz darauf sitzen wir im Auto, die Notizen wieder auf meinem Schoß. Augenblicke später stehe ich vor einer Schar neugieriger Gesichter.

»Ich darf Ihnen Gastprofessor Doktor Anatol Barnsteiner aus Budapest vorstellen«, sagt die Programmleiterin Frau Limantas, die auf die Sekunde genau eingetroffen ist. »Er ist Experte für irische Literatur und ein international gefragter Referent.«

Ich schaue aus dem Fenster.

»Ein Höhepunkt unseres Jahresprogramms«, höre ich sie sagen. »Herr Doktor Barnsteiner, es ist uns eine Ehre. Sie haben das Wort.«

Kaum hat sie geendet, verlässt sie den Raum. Meine Fußsohlen beginnen auf einmal zu jucken. Wie nie zuvor, ein mir unbekanntes Gefühl. Ich verlagere das Gewicht von einem Bein auf das andere und wieder zurück, lächle, blättere in den Unterlagen, schaue in die Runde. Mein Hin und Her sorgt für Erheiterung.

»Es ist kalt hier in Litauen«, sagt eine Frau mit breitem Gesicht und Zopf, »da muss man in Bewegung bleiben.«

Ich nicke ein paarmal und hole tief Luft.

»Wir tragen das Kind, das wir einmal waren«, sage ich langsam, genau so, wie ich es mir vorgenommen habe, »ein Leben lang mit uns herum. Berühmte Worte von William Trevor.«

Keine Ahnung, wo ich sie herhabe. Ich beginne mit Trevors Kindheit und den schweren Jugendjahren, wie es gerade kommt, springe von einer Wissensinsel zur nächsten. Zwischendurch frage ich die Studenten, aus welchem Teil Litauens sie kommen und was man von diesem Teil gesehen haben muss. Sie geben bereitwillig Auskunft. Als mir zu Trevors jungen Jahren nichts mehr einfällt, borge ich mir Geschichten aus Tobias' Leben. Mein Bruder braucht sie nicht mehr. Ich erzähle von seinem Eifer, seiner ersten Lehrerin und vor allem Vater zu gefallen. Beide führten ihn mit Lob an der kurzen Leine. Dann spreche ich über Tobias' Freundin Jeanne. Die ihn abblitzen ließ, mehrmals, bei Trevor heißt sie Jane. Jane Toby.

»Trevor blieb sein Leben lang in ihrer Nähe. Als sie mit fünfundzwanzig einen reichen und zu Handgreiflichkeiten neigenden Amerikaner heiratete, der sich in weißen Schuhen gefiel, nahm sich Trevor eine winzige Wohnung in der Nachbarschaft. Um auf sie aufzupassen, sie könnte ihn eines Tages brauchen. Er lebte in Gedanken mit ihr, die ganze Zeit.«

Ähnlich hätte es bei Tobias und Jeanne kommen können. Tobias war ungeschickt im Umgang mit Frauen. Er war besitzergreifend, schwankte zwischen zu forsch und zu scheu, und er trug Vaters strenge Moral vor sich her. Wenn ich seine Stimme in meinem Kopf höre, fast immer mit hartem Urteil, vor allem über mich, weiß ich oft nicht, ist es seine oder die von Vater?

»Die Erzählung *Reading Turgeniev*«, leite ich zu einer größeren Wissensinsel über, »ist ein Meisterwerk. Ich kenne von Trevor nichts Vergleichbares.« Das stimmt. Ich halte die Übersetzung in die Luft, lese aus der Einleitung vor, die ein Freund Dyrenfurths geschrieben hat, und erzähle eine Weile frisch von der Leber weg, ich habe die Geschichte noch gut im Kopf. Dann ordne ich eine Gruppenarbeit an. Am Ende der Stunde klatschen sie. Ich gehe ins Hotel und schlafe ein paar Stunden. Am Abend setze ich mich nochmals hin.

★

Nach der Londoner Zeit arbeitete Anatol eine Weile als Nachtportier. Während der dunklen Stunden wach zu sein behage ihm mehr als am Tag, sagte er jedem, der es hören wollte; er habe sich in England an diesen Rhythmus gewöhnt. Eher dürften die lichtscheuen Gestalten, von denen er in London einige kennengelernt hatte, der Grund für diese Vorliebe gewesen sein. Die Seitengasse in der Altstadt, in der er nach der Rückkehr in unsere Stadt arbeitete, hatte einen schlechten Ruf. Vor dem Eingang roch es nach Urin oder Erbrochenem, und Anatol erzählte gerne und nicht ohne Stolz, manche Gäste hätten nicht die Passnummer, sondern bloß »Import-Export« auf das Meldeformular geschrieben. Autoschieber und Prostituierte stiegen dort ab, und gelegentlich Künstler, die Probleme mit der Steuerbehörde hatten. Mutter schämte sich, Sophie nahm es gelassen. Vielleicht war sie froh, dass er überhaupt etwas tat.

Es hätte mit Anatol vielleicht am ehesten in dieser Zeit eine Wendung zum Guten nehmen können. Ein Vorteil seiner zweifelhaften Anstellung lag darin, dass er stundenlang lesen konnte. Er las wie ein Verrückter, vor allem französische und amerikanische Romane. Nachdem er *Under the Volcano* in einem Zug gelesen hatte, eine triste Säufergeschichte, raffte er sich schließlich auf, Dyrenfurth noch einmal zu schreiben und vollmundig eine erstklassige Übersetzung in Aussicht zu stellen. Übersetzen bedeute für ihn Über-Setzen, schwärmte er, auf die andere Seite gelangen, wie bei einem Fluss, ein neues Land betreten. Er halte das für seine Berufung, auch wenn am Ende nicht sein Name auf dem Buchdeckel stehe. Dyrenfurth, der sein Geld mit amerikanischen Klassikern verdiente, antwortete nicht. Anatol versuchte es bei weiteren Verlagen, großen wie kleinen, und einer schrieb auch zurück: Das Projekt sei interessant und werde geprüft; man bitte um etwas Geduld. Anatol machte sich an die Arbeit.

Der Absagebrief nach vier Monaten, ohne Namensnennung in der Anrede, traf Anatol wie ein Schlag. Die angespannte Marktlage erfordere Konzentration auf die bereits eingegangenen Verpflichtungen. Er dürfe sich in Zukunft aber gerne wieder melden, wenn er ein interessantes Übersetzungsprojekt anzubieten habe. Anatol bat um ein Gespräch. Der Verleger des Kleinverlages zögerte, empfing ihn aber schließlich doch. Hoffentlich habe Anatol mit der Übersetzung nicht bereits begonnen, solche Entscheidungen bräuchten immer Zeit, fielen nie leicht. Das verstehe er natürlich, sagte Anatol. Sophie wurde wütend, nannte ihn einen Feigling, er mache es seinem Gegenüber zu einfach, immer. Er verstehe sie, erwiderte Anatol, er verstehe aber auch den Verleger. Niemand mit Verstand würde auf ihn setzen. Er täte es ja selbst nicht. Sophie blaffte ihn an, er müsse sich eben mit aller Kraft für seine Ziele einsetzen und zur Not auch einmal Dinge versprechen, die er nicht halten könne. Alle machten es so. So sei die Welt. Anatol gab ihr wieder Recht. Er verstand alle, immer. Es war zum Verzweifeln.

★

Der Glatzkopf an der Rezeption schüttelt langsam den Kopf. Ich erkläre ihm zum zweiten Mal, die Hochschule bezahle mein Zimmer, er möge bitte die Programmleiterin anrufen. Gastprofessor, Wirtschaftshochschule, alles klar?

»No departure. You pay, now.«

Er wedelt mit der Rechnung und schließt die Augen. Bestimmt war er in der Roten Armee. Und nun sorgt er dafür, dass keine Rechnungen offenbleiben, bestimmt mit makelloser Bilanz. Ich bezahle und frage nach einem neuen Zugangscode fürs Internet, will vor dem Abflug noch einmal die Mails prüfen. Allmählich sollte Sophie geschrieben haben. Der Mann reicht mir einen abgegriffenen Zettel. Sollte Sophies Karriere vor Gericht enden, stünden in gewisser Weise auch meine Jahre mit ihr vor den Schranken. In denen ich neben ihr aufgewacht bin, in denen ich mitgefeiert, mitgelitten, mitprofitiert habe. Du alleine bist dafür verantwortlich, auf welcher Seite du stehst, würdest du jetzt wieder sagen, Tobias. Es wäre die Gelegenheit. Erst gestern habe ich nach langer Zeit wieder einmal von dir geträumt. Deine Stimme ist nicht aus meinem Kopf verschwunden, trotz all der Jahre, manchmal ist mir, als sei sie sogar lauter geworden. Drängender, gnadenloser.

»You pay!«

Ich zucke zusammen und lege zwei Euro auf den Tisch.

Sophie hat geschrieben! Eine lange Mail. Die beiden wurden in Chicago am Flughafen abgeholt. Der Fahrer hat sie aber nicht zum Hauptsitz im Stadtzentrum gefahren, wie sie erwartet hatten, sondern zum Freizeithaus in Evanston. Sophie und ich waren vor Jahren einmal da. Kurz nach ihrem Eintritt in die Sozietät, als Dillon & Dillon die neuen Associates nach Chicago eingeladen hatte. Lauter junge Männer und Frauen, die noch hungriger werden sollten, Sophie war damals schwanger. Als wir im Morgengrauen ins Bett fielen, klagte sie über Bauchschmerzen. Während der Fahrt nach Evanston, schreibt Sophie, sei sie für einen Moment in Panik geraten. Der Fahrer habe gezögert, als sie gefragt habe, wo er sie hinbringe. An einer Ampel habe sie aus dem Auto springen wollen. In dem Moment sei er losgefahren, und sie habe sich wieder beruhigt. Und Colin?

Dillon und Liebermann saßen im Salon, als sie eintrafen, und erhoben sich nicht von ihren Sesseln. Es sei halb dunkel gewesen im Raum, nur Dillon habe sie angesehen, ihr sei speiübel geworden. Ich erinnere mich an einen großen Raum mit weiß gestrichenen Wänden und einer dunklen Holzdecke. Wir standen damals dicht beisammen, draußen regnete es, und Sophie legte den Arm um meine Hüfte, als wir eine Weile mit Liebermann sprachen. Brauner Teint, leuchtend weiße Zähne, durchdringende, grüne Augen. Er sprach mit uns wie mit Freunden, erzählte, er sei leidenschaftlicher Bergsteiger. Ewig schon wolle er wieder einmal auf einen Gipfel, vielleicht nähmen wir ihn einmal mit.

Dillon verlangte von Sophie und Colin, ihnen alles zu sagen und nichts zu verschweigen. Falls sie etwas zurückhielten, sei das Gespräch zu Ende, jegliches Gespräch. Sophie sprach für beide. Zu Beginn ihrer Zeit in Budapest hätten sie keine Ahnung gehabt, was um sie herum geschehe. Ungarn sei ein kompliziertes Land. Es brauche eine Weile, bis man die Dinge durchschaue, ihnen habe es schrittweise gedämmert. Liebermann habe sie angefahren: Wenn die Geschichte publik werde und die internationale Presse sie aufgreife, könne das die Kanzlei innerhalb kürzester Zeit vernichten, killen, *you fucking idiots!* Ob ihr das klar sei? Dillon bat ihn, sich zu mäßigen, immerhin seien die beiden aus eigenem Antrieb nach Chicago geflogen. Dann gingen Dillon und Liebermann nach draußen. Als sie zurückkamen, untersagte Dillon ihnen jeden weiteren Kontakt zur ungarischen Niederlassung. Kein Telefonat, keine Mail. Um alles andere werde sich der Hauptsitz kümmern. Die Assoziierung mit Budapest werde natürlich aufgelöst, wenn alles stimme, was sie sagten. Man werde dafür sorgen, dass die Ungarn den Firmennamen keinen Tag länger verwendeten. Vielleicht würden sie beide davonkommen. *We will see.* Natürlich sei der gemeinsame Weg zu Ende.

★

Dass die Schwangerschaft bald ein Ende fand, war für die beiden ein Glück. Wie hätte einer wie Anatol, der nicht für sich selbst sorgen kann, Verantwortung für ein Kind übernehmen können? Sophie hätte mitgehangen. Sie hätte sich von einem abhängig gemacht, auf den nur insofern Verlass ist, als auf ihn eben kein Verlass ist. Dass es überhaupt zu der Schwangerschaft kam, passt im Grunde nicht zu ihr. Sie denkt die Dinge für gewöhnlich zu Ende.

Die beiden hatten sich von Lea und Miriam anstecken lassen. An einem sonnigen Maitag hatte die Familie, die allmählich zur Großfamilie heranwuchs, am großen Steintisch im Garten hinter dem Haus zusammengesessen. Man feierte die Taufe von Leas Jüngstem. Sie war mit ihren drei und Miriam mit ihren zwei Kindern gekommen, beide kümmerten sich um die Wette. Miriams Älterer, der stille Floreal, saß auf Vaters Schoß. Anatol, der die beiden beobachtete, erinnerte sich nicht, Vater in den letzten Jahren jemals so glücklich gesehen zu haben, was ihm einen Stich versetzte. Er stellte sich vor, Floreal wäre sein Sohn, suchte nach Ähnlichkeiten: die Handgelenke, der weiche Blick, die braunen Augen, die dunklen Haare? Ein Sohn wie Floreal, meinte er, würde seinem Leben endlich Sinn verleihen. Er stellte sich ihn als jungen Mann vor, auf einer Piazza in Italien, sie beide auf einer

Reise. In den kommenden Monaten ließen Sophie und er es darauf ankommen. Ein stiller Pakt der Unvernunft, und als sie nach drei Monaten schwanger war, behielten sie es für sich. So erfuhr auch keiner, dass sie es schon bald nicht mehr war.

Sie starrten auf den Monitor der Frauenärztin. Nichts bewegte sich, kein Herzschlag war zu sehen. Sie erfuhren nicht, ob es ein Mädchen oder ein Junge geworden wäre. Anatol nahm an, ein Junge. Niemand in der Familie wäre auf die Idee gekommen, die beiden nach Kinderplänen zu fragen. Allein der Gedanke schien allen völlig abwegig. Sophie würde sich, dachten alle, früher oder später aus der Beziehung lösen und sich etwas Ernsthafteres suchen. Hätte Vater davon erfahren, hätte er Anatol gefragt, wie er sich seine Zukunft und die des Kindes eigentlich vorstelle. Ob Sophie für alles aufkommen solle?

Sophie kam darüber hinweg. Wie schon nach dem Tod ihrer Mutter stellte sich bei ihr bald ein Gefühl der Erleichterung ein. Als ob man Gewichte von ihren Schultern genommen hätte. Sie stürzte sich, mehr noch als bisher, mit aller Kraft in die Arbeit. Bald kam die Nachricht, Miriam sei zum dritten Mal schwanger.

★

Seit der letzten Lektion in Vilnius befinde ich mich in einer stabilen Hochstimmung. Ich habe die Blamage nicht nur abgewendet, ich habe sie heiter abgewendet, Castro hätte mich dazu beglückwünscht. Was ich wusste und erfunden habe, was ich an Wissen zusammengeklaubt und zusammengestrickt habe, hat sich mit der Zeit immer selbstverständlicher zu einem Ganzen zusammengefügt. Ich habe die Hemmungen bald abgelegt und bin manchmal richtig in Fahrt gekommen. Der Trick war, Trevors Leben mit Figuren aus meinem eigenen zu besiedeln. Trevors Onkel machte mit ihm an Sonntagen Ausflüge wie Großvater mit uns. Er hinterließ ihm auch ein bescheidenes Vermögen, das Trevor innerhalb kurzer Zeit verprasste. Als Trevor fünfzehn war, brach er sich bei einem Sturz von einer Mauer beide Beine. Wie du, Tobias, war er eine Weile ans Bett gefesselt. Einmal hörte er seinen Bruder, als er so dalag, durchs offene Fenster schlecht über ihn reden, wie ich dich damals, als du sagtest, bei meincn Meinungen genüge ein Windstoß, um sie umzustoßen. Ich habe nicht alles verstanden, was du gesagt hast, aber der Ton war unmissverständlich. Für feste Überzeugungen wart immer ihr beide, du und Vater, zuständig. Das Lispeln, für das du dich so geschämt hast, habe ich auch Trevor von Herzen gegönnt und den Studenten in allen Einzelheiten beschrieben: Wie die Zunge beim Sprechen den Schneidezahn berührte, der Sprühregen, die feuchten Lippen. Kein starkes Lispeln zwar, aber unüberhörbar. Trevor versuchte, es sich abzugewöhnen, und er scheiterte, genau wie du.

Eine Frauenstimme kündigt die Landung in Budapest-Ferihegy an. Ich freue mich auf meine Wohnung und die Stadt, als sei ich Wochen weggewesen. Gestern Abend war da plötzlich wieder Zuversicht, Vorfreude auf Tage, die wieder mehr halten werden, als sie versprechen. Ich muss an die Akademie denken, die Studenten, den klaren Himmel am frühen Morgen. Meist ist er blau, wenn ich hingehe und meine Lektionen halte, den Tag verstreichen und es Abend werden lasse.

Am Samstag ist der Akademieball, kommt mir plötzlich in den Sinn. Miklós hat mich im Sommer gedrängt, Karten für Sophie und mich zu kaufen. Möglichst früh, sonst seien sie weg. Nun ist Sophie weg. Der wichtigste Termin im Jahr, hat er gesagt, wenn man gerne Spaß habe. In dem Punkt sei er sich bei mir allerdings nicht ganz sicher, fügte er augenzwinkernd hinzu und lachte. Am Ende seien alle betrunken, auch der Rektor, ein großer Tänzer übrigens, der die letzten Gäste persönlich verabschiede und an dem Abend für manchen Wunsch offen sei. Ich werde ihn verpassen. Anne nach der Landung anrufen?

Die Tickets müssten noch in meiner Ledermappe liegen. Ich beginne, zwischen meinen Beinen zu graben, werde rasch fündig. Sie sind angegraut, wie alles, was eine Weile hier gelagert hat. Auf der Rückseite wirbt Pöttyös für Túró Rudi. Ich muss lächeln. Castro hat an unserem ersten Abend hier gesagt, ich müsse mir, hie und da, einen Túró Rudi kaufen, aber auf keinen Fall den von Danone. Der sei ein Fake. Unbedingt den von Pöttyös. Den richtigen, ungarischen. »Du musst ihn kaufen und in Gegenwart eines Ungarn essen, schweigend.«

★

Anne kommt eine halbe Stunde zu spät. Es ist die Schauspielerin Anne, die aus dem Taxi steigt und mir über den

Platz vor dem Palais entgegenkommt, vom Flutlicht in ein kühles Licht getaucht. Sie hält mir die Wange hin und dreht den Kopf zur Seite – der Abend der Luftküsse? Sie wiegt den Kopf und hakt sich unter. Vor dem Portikus bleibt sie stehen, betrachtet die Fassade, die von Scheinwerfern angestrahlt wird, hier arbeitest du? Die Garderobe quillt über. Die Frau hinter dem Tisch entschuldigt sich und reicht uns eine handgeschriebene Quittung. Wir steigen die Treppe zum Spiegelsaal hoch.

»Wie prunkvoll hier alles ist!«

Anne bleibt plötzlich stehen und stützt sich auf das Steingeländer, schaut hinunter auf die Eingangshalle, die hereinströmenden Paare, und schweigt für einen Moment. Sie hatte eben einen großen Streit mit Colin, sagt sie dann. Er und Sophie seien gestern aus Amerika zurückgekehrt. Er habe sie angeschrien, es sei heftig gewesen. Ihr linkes Auge ist gerötet.

»Die beiden kommen vielleicht davon, Anatol. Er hofft, bei uns ginge es dann weiter wie bisher.«

»Hofft er zu Recht?«

»Wir sollen die Zelte hier rasch abbrechen, sagt er. Er will so schnell wie möglich zurück.«

Sie schüttelt den Kopf.

»... und er hat versucht, mich von dem hier abzubringen!«

»Was ihm zum Glück nicht gelungen ist!«

Sie lächelt.

»Lass uns den Abend genießen, Anatol.«

Sie legt die Hand auf meinen Unterarm. Eine Gruppe Studenten geht an uns vorbei.

»Wir müssen anstoßen, Herr Barnsteiner, unbedingt!«, ruft einer, den ich aus meinen Kursen kenne. Ich nicke.

Plötzlich spüre ich eine Hand auf meiner Schulter. Als ich mich umdrehe, blicke ich dem Studenten von eben mitten ins Gesicht. Er hat mir nach der Nacht in der Katakombe während einer Lektion zugeflüstert, das sei ihnen allen auch schon mal passiert. Ein breites Grinsen: »Ich freue mich, Herr Barnsteiner, bis später!«

»Du hast dich hier ja gut integriert, Anatol. Du scheinst eine richtige Respektsperson zu sein …«

Der Spiegelsaal ist festlich hergerichtet. Überall stehen Blumen, Weingläser und kleine Kerzen. Ein Quartett spielt. Wir schlängeln uns durch tanzende Paare hindurch und setzen uns an den letzten freien Tisch. Anne zeigt auf den Kronleuchter über der Tanzfläche.

»Schön … Weißt du, Anatol, mir gefällt es hier!«

»Im Palais?«

»Alles … die Arbeit an der Deutschen Schule, die Hügel auf der anderen Seite der Donau, die Leute. Mir ist nicht nach Weggehen.«

»Eine Stadt mit vielen Narben …«

Sie nickt langsam.

»Und wie geht es bei dir weiter, Anatol?«

Ich zucke mit den Schultern.

»Ich halte mich an den Moment. Heute fällt es mir leicht.«

Sie lacht und legt den Kopf auf meine Schulter.

»Colin hängt an mir und den Kleinen. Das macht es für mich nicht einfach.«

Am Nachbartisch sitzt der Student von vorhin. Er schaut ständig zu uns herüber und hebt jedes Mal das Glas, wenn ich in seine Richtung blicke. »Macht er sich über dich lustig, Anatol?« Miklós tanzt leichtfüßig an uns vorbei. In seinen Armen liegt eine hübsche Frau, die ich noch nie gesehen habe. Er reckt den großen Kopf, der ansatzlos auf dem Rumpf sitzt, würdig in die Höhe. Auch der Rektor dreht in unserer Nähe seine Kreise. Selbst Németh habe ich irgendwo erspäht. Die Frau, mit der er tanzt, hat sich eine rote Schleife ins Haar gebunden.

»Magst du tanzen, Anne?«

Mit den Grundschritten, die ich gelernt habe, sollte ich einigermaßen über die Runden kommen. Mit etwas Glück. Ich reiche Anne die Hand und führe sie auf die Tanzfläche, nicke Miklós zu, der lächelt, ein Walzer, das sollte gehen. Nach ein paar Minuten schlägt Anne eine Pause vor, sie geht, ohne meine Antwort abzuwarten, zu unserem Platz zurück.

»Tanzen ist keine besondere Leidenschaft von dir, Anatol?«

»So dramatisch?«

»Dramatisch nicht …«

»… aber?«

»Holen wir uns was zu essen! Lass uns zum Buffet gehen, ich bin hungrig.«

Als wir uns wieder setzen, sagt sie: »Dass die Leute uns hinterhergesehen haben, hast du schon gemerkt …?«

»Das kann verschiedene Gründe haben.«

Sie setzt einen Kuss in die Luft und bläst ihn über den Tisch.

»Für den Meistertänzer …«

»Danke.«

»Du warst keine fünf Mal auf einer Tanzfläche, stimmt's?«

Ich zucke mit den Schultern.

»Weniger?«

Ein halbes Jahr lang jede Woche. Wegen einer Frau, vergeblich.

»Ich weiß nicht mehr. Machen wir es uns doch hier gemütlich und reden etwas.«

Der Ball sei ein Fest mit Tanz, hat Miklós gesagt. Es ist umgekehrt, ein Tanz mit etwas Fest.

»Du lädst mich zu einem Ball ein und bist froh, nicht tanzen zu müssen …«

Anne lacht und schüttelt den Kopf.

»Ich wollte dich einmal im Ballkleid sehen, Anne.«

»Zuerst nackt und dann im Ballkleid?«

Sie lacht wieder und verschluckt sich. Ich klopfe ihr auf den Rücken. Sie entschuldigt sich für einen Moment und verschwindet zwischen den tanzenden Paaren. In dem Kurs damals konnten nur Männer tanzen, die auch sonst Hosen mit Bundfalten trugen. Bundfalten, das sagte alles. Hier können es alle. Anne kommt zurück, schiebt den Tisch beiseite, stellt ihren Stuhl neben meinen und bestellt uns eine Flasche Champagner.

Als wir beschließen, uns auf den Heimweg zu machen, ist es vier Uhr. Fast alle sind noch da. Miklós tanzt noch immer, auch der Kanzler, im Laufe des Abends haben sich immer wieder Studentenpaare zu uns gesetzt. Anne fällt es leicht, mit ihnen ins Gespräch zu kommen.

Eine Studentin hat beiläufig bemerkt, die Katakombe sei die coolste Location der Stadt. In der Eingangshalle hält der Rektor Hof, er fragt Anne nach ihrem Namen, es sei ihm eine Ehre, und in der Garderobe stehen wir auf einmal neben Németh und seiner Frau, die sich gegenseitig in die Mäntel helfen und dabei scherzen. Die Schleife, an der unsere Blicke hängenbleiben, ist verrutscht. Hat Frau Németh im Spiegel, als sie sie gebunden hat, das junge Mädchen gesehen, das sie einmal war? Sollte er es sehen?

»Guten Abend, Herr Professor Németh.«

Er dreht sich um und blinzelt mich mit müden und zugleich freundlichen Augen an.

»Ich hoffe, Sie hatten einen guten Abend, Herr Barnsteiner.«

Zum ersten Mal spricht er meinen Namen aus.

»Darf ich Ihnen meine Begleiterin vorstellen?«

Anne gibt ihm die Hand. Er schüttelt sie und nickt scheu.

»Sie tanzen gut«, sage ich zu Némeths Frau, »was man von mir leider nicht behaupten kann.«

Sie lächelt. Ich zeige auf die Schleife in ihrem Haar. Németh zieht sie vorsichtig heraus.

»Danke, kommen Sie gut nach Hause«, sagt Frau Németh und fasst ihren Mann bei der Hand.

»Ein Kollege?«

Anne will ein Stück zu Fuß gehen und dann ein Taxi rufen. Wir gehen zum inneren Ring, überqueren ihn und biegen in die Ferenczy-Istvan-Straße ein, bleiben, Hand in Hand, für einen Moment am Károlyi-Park stehen.

»Hier lese ich manchmal, Anne.«

»Auf welcher Bank?«

Wenig später erreichen wir die Donau. Sie winkt ein Taxi herbei.

»Wenn ich hier eine Wohnung kaufen könnte«, sagt sie beim Einsteigen, »dann am kleinen Park vorhin. Gute Nacht, Anatol!«

Als das Taxi losfährt, suche ich Annes Gesicht hinter der Heckscheibe. Es spiegeln sich darin nur die Lichter der großen Stadt.

★

Zwei Tage später steht am Ende des Montagskurses plötzlich die Sekretärin des Kanzlers in der Tür. Ich solle nach der Stunde zu Almássy kommen, es sei wichtig. Sie blickt ernst. Wegen der Wohnung? Wollen sie sie schon zurück?

»Der Antrag auf Anerkennung muss heute noch raus«, sagt sie, als wir die Treppe hinuntergehen. »Die Akkreditierungskommission trifft sich am Freitag. Die Sache eilt.« Akkreditierungskommission? Nie gehört. Ich habe keine Ahnung, wer hier was entscheidet, habe mir angewöhnt, keine Fragen zu stellen, solange die Dinge einigermaßen laufen.

»Haben Sie die Bestätigung aus Vilnius?«, fragt der Kanzler leicht beunruhigt, als wir sein Büro betreten.

Von einer Bestätigung weiß ich nichts. Ich zucke mit den Schultern. Den kleinen Umschlag, den mir die Programmleiterin nach meiner letzten Stunde in die Hand gedrückt hat, habe ich in die Tasche gesteckt. Ich dachte, er enthalte Werbematerial. Er müsste noch da sein.

»Dies hier?«

Der Kanzler öffnet den Umschlag und schnalzt mit der Zunge.

»… Doktor Anatol Barnsteiner … Gastprofessor … Irish Literature in the 20th Century … wunderbar!«

Er reicht das Schreiben der Sekretärin.

»Jetzt brauchen wir nur noch ihre Unterschrift unter dem Antrag.«

Auf dem Schreibtisch liegt ein Brief ans Ministerium.

»Wissen Sie, Bernsteiner«, sagt der Kanzler, »wir bezahlen denen in Vilnius eine Menge Geld. Aber für uns lohnt sich die Geschichte …«

Ich schaue ihn fragend an. Wir bezahlen ihnen Geld? Nicht sie uns?

»… solange das Ministerium bei den Anerkennungen mitspielt. Im Ergebnis bringt uns das Ganze etwa das Zehnfache!«

Worum geht es hier? Ich überlege kurz, den Kanzler zu fragen, lasse es dann aber bleiben. Solange ich die Wohnung behalten darf, und das scheint der Fall zu sein, soll das Ministerium anerkennen oder nicht anerkennen, was es will. Zumindest ist mir nun klar, warum niemand mein Hotelzimmer bezahlt hat und die Programmleiterin auch nichts über den Kurs wissen wollte. Sie hoffe auf weitere gute Zusammenarbeit, hat sie bei der Verabschiedung gesagt.

»Gefällt Ihnen die Wohnung, Bernsteiner?«

»Sehr, ich fühle mich wie zu Hause.«

Die Sekretärin bringt zwei Gläser Unicum.

»Auf die Kollegen in Vilnius! Und auf Sie, Bernsteiner, das haben Sie gut gemacht!«

Die Sonne tritt für einen Moment hinter den Wolken hervor, leuchtet uns mitten ins Gesicht, während die Gläser mit einem hellen Klirren zusammenstoßen. Auf den Wangen des Kanzlers entdecke ich ein paar geplatzte Äderchen. Er sieht eigentlich eher rosig als versoffen aus.

»Nächstes Jahr darf Miklós gehen. Hoffen wir, dass im Ministerium niemand auf dumme Gedanken kommt. Noch einen Unicum, Bernsteiner?«

»Ich muss heute Abend noch arbeiten …«

»Sie können wohl auch nicht aus Ihrer Haut? Immer im Dienst … Uns soll's recht sein.«

Ich, immer im Dienst, das hat noch keiner gesagt. Beim Verlassen des Büros stoße ich im Gang beinahe mit Miklós zusammen, der auf dem Weg ins Kulturcafé an der Bródy-Sándor-Straße ist. Ich soll doch mitkommen, nur kurz. Schon auf den ersten Metern will er wissen, warum ich beim Abendessen so abrupt aufgebrochen bin.

»Wegen der Schönen vom Ball?«

»Nein …«

»Was ist mir ihr, Anatol?«

Ich zucke mit den Schultern.

»Ihr seid ja bis zum Schluss geblieben. Bemerkenswert bei einem Paar, das nicht tanzt …«

Im Café erläutert er mir im Detail, wie er seine Wohnung am Moskauer Platz nun zu kaufen gedenkt. Er könne in Österreich ein günstiges Darlehen aufnehmen, rekordtiefe Zinsen, die Chance komme nie wieder. Alles in Euro, ein garantiertes Geschäft, weil der Forint auf jeden Fall steigen wird. Alle bedeutenden Ökonomen Ungarns sagten dies voraus.

»Zwei Fliegen mit einer Klappe. – Du schaust ständig auf dein Handy, Anatol …?«

»Eine schlechte Angewohnheit. Bitte entschuldige.«

Er zieht die Augenbrauen hoch und blickt auf seines.

Anne hat auf meine SMS vom Sonntag nicht reagiert. Ich habe mich für den Abend bedankt, hoffentlich bis bald. Auch von Sophie habe ich nichts mehr gehört, seit Vilnius nicht mehr. Die Abstände zwischen den Funksignalen werden immer größer. Ich treibe durchs All wie ein Raumschiff, dessen Verbindungen allmählich abreißen.

»Hast du Pläne für heute Abend, Anatol?«

»Eigentlich nicht.«

»Melinda und Tibor wollen sich revanchieren. Sie haben mich eingeladen und freuen sich nach dem netten Abend letztens, wenn ich dich mitnehme.«

Er legt mir den Arm um die Schulter.

★

Sie haben die Metrostation am Moskauer Platz geschlossen. Für ein halbes Jahr, wegen Renovierung. Danach wird sie hell und billig und gesichtslos glänzen, wie alles hier, dem man die Vergangenheit nicht mehr ansehen darf. Auf dem Weg zu Miklós schreibe ich Anne noch einmal. »Alles in Ordnung bei dir? Zumindest einiges?« Auf dem Margit Körút herrscht reger Verkehr.

Als ich eintreffe, schneiden Miklós und Tibor Paprika und Zwiebeln.

»Ist Melinda noch bei der Arbeit?«

»Sie muss noch ein Interview zu Ende redigieren«, sagt Tibor, »wegen der Wahlen am Wochenende. Sie wird gleich hier sein.«

»Auch eine Melinda in Hochform wird aber am Wechsel nichts mehr ändern können«, sagt Miklós lächelnd. »Zum Glück!«

Beide lachen.

»Noch einmal vier Jahre wie bisher, und es würde gefährlich für uns.«

Tibor trocknet sich die Hände ab, schaut ernst.

»Auch für dich, Anatol.«

»Seid ihr denn sicher, dass es zum Wechsel kommt?«

Sie nicken. Wir hören Schritte im Treppenhaus, jemand betritt die Wohnung.

»Geschafft«, sagt Melinda, die den Mantel auf den Kühlschrank wirft und sich gleich an den Küchentisch setzt, »in jeder Hinsicht.«

»Fertig mit allem, Liebste?«

»Völlig fertig, Tibi. Hallo Anatol …«

»Was schreibt ihr denn morgen?«, frage ich.

Sie blickt mich müde an.

»Wenn die Nationalpartei gewinnt, wird sie alles umkrempeln. Und sie wird gewinnen.«

Tibor lächelt milde.

»Sie werden ihre Leute platzieren«, sagt er ruhig, »und die üblichen Skandale haben. In vier Jahren sind sie wieder weg, wie immer.«

Sie schüttelt den Kopf.

»Wart's ab. Diesen Leuten ist es ernst.«

Tibor gibt ihr einen Kuss und zieht sie an sich.

»Lassen wir das Thema, Liebste. Politik hat in diesem Land noch niemanden glücklich gemacht.«

»Bekommst du eigentlich mit«, sagt sie zu mir gewendet, »was sich hier zusammenbraut? Die beiden Dumpfbacken da stellen sich taub und blind.«

»Ein wenig schon. Glaube ich zumindest.«

Ich würde ihr am liebsten alles über Sophie und Horváth erzählen. Aber ich kenne sie ja kaum. Sie geht ans Fenster, öffnet es und fasst sich für einen Moment gedankenverloren ans Kinn. Wie Tobias damals, als wir in der Hütte unsere Lager eingerichtet hatten und er innehielt bei seinem Versuch, mich davon zu überzeugen, noch einmal mit ihm loszuziehen. Die letzten gemeinsamen Minuten. Ich ärgerte mich, weil er so hartnäckig war, den großen Bruder spielte. Würdest du es ihr sagen, Tobias? Die Wahrheit zu offenbaren, sei am Ende nie falsch, würdest du dir einreden. So einfach ist es aber nicht. Wer weiß schon, wo sich hier etwas bewegt, wenn man an einem bestimmten Faden zieht?

»Was überlegst du, Anatol?«

»Ich war gerade anderswo. Bitte entschuldige.«

Sie lächelt.

»Wollen wir ins Wohnzimmer gehen?«

»Was meinst du, was nach dem Regierungswechsel geschehen wird, Melinda?«

Sie setzt sich aufs Sofa.

»Die Neuen sind schlimmer als alle seit Kádár! Schlimmer als du dir vorstellen kannst. Sie werden jede Woche ein neues Denkmal einweihen, sie werden ständig wütend sein, weil Wütende immer Recht haben. Irgendwann werden sie anfangen, wieder von den verlorenen Gebieten zu sprechen …«

»Trianon?«

Sie nickt.

»Sie sind davon besessen. Alles ist für sie Trianon. Du kennst diese Leute nicht.«

»Beruhige dich«, ruft Tibor aus der Küche, »du siehst alles zu schwarz. Nimm nicht alles für bare Münze, was sie sagt, Anatol.«

»Woher willst du das wissen, Tibor?«, ruft Melinda zurück.

»Ich lebe hier …«

»Und ich auch!«, ruft Miklós hinterher.

Melinda überlegt.

»Vielleicht sollte ich die Geschichte über eure Akademie doch schreiben. Solange ich noch darf. Die Neuen werden sich vielleicht schon bald die unabhängigen Zeitungen vorknöpfen.«

Aus der Küche hören wir lautes Gelächter.

★

Melinda ist überrascht, meine Stimme schon nach ein paar Stunden wieder zu hören. Es ist still in der Leitung.

»Kann ich dich heute treffen, Melinda?«

Sie schweigt.

»Ich kann dir am Telefon leider nur sagen, dass es wichtig ist.«

Von der Vertraulichkeit von gestern ist kaum noch etwas übrig.

»Was ich weiß, müsste für euch interessant sein, Melinda!«

Meine Stimme hört sich dünn an. Ich habe kaum geschlafen. Tue ich es wegen dir, Tobias? Ich weiß es nicht. Ja, ich bin für mich verantwortlich, aber wie soll einem in dieser Welt nicht schwindlig werden?

»Geht es nicht etwas konkreter, Anatol? Warum hast du gestern nichts gesagt?«

»Ich brauchte noch eine Nacht, um mich durchzuringen.«

Ich höre das Klappern einer Tastatur.

»Warte einen Moment.«

Ehe ich antworten kann, lande ich in einer Warteschleife. *This is the end, my only friend, the end.* Ganz leise, wie von sehr weit weg. Ausgerechnet …

»Du musst mit Borsody Balint sprechen«, sagt Melinda, als sie wieder in der Leitung ist, »er leitet die Wahlberichterstattung. Gib mir ein Stichwort.«

»Korruption. Korruption im großen Stil.«

Sie lacht.

»Was in Ungarn ist nicht Korruption? Kleiner Stil, großer Stil … alle Stile sind bestens vertreten. Ich brauche schon etwas mehr.«

Sie klingt noch immer reserviert. Denkt sie, ich wolle mich nur interessant machen?

»Veruntreuung öffentlicher Gelder. Zugunsten der Nationalpartei. Reicht das?«

Sie schweigt.

»Vielleicht wahlentscheidende Korruption, Melinda, glaub mir, bitte.«

Ich könnte auflegen und das Ganze vergessen.

»Ich spreche mit Balint. Gib mir deine Nummer.«

Als ich um drei zu Castro ins Auto steige, der in eines dieser Tiszadörfer fahren will, kommt ihre SMS.

»Borsody ist interessiert. Morgen 15 Uhr im New York.«

Ich bin zu müde für den Ausflug. Ich habe trotzdem zugesagt. Ich sage immer zu. Als wir auf die Autobahn einbiegen, schließe ich die Augen, und als ich sie wieder öffne, stehen wir an einem Kai.

»Gut geschlafen?«

Ich reibe mir die Lider.

»Wir setzen über.«

»Ist das die Tisza?«

Castro nickt. Ich habe wirr geträumt. Von der Villa Nikolett, meinen Schwestern, Castro auf der Heimfahrt von Miskolc. Eine Brücke ist weit und breit nicht zu sehen. Ich blicke Castro fragend an.

»Schau genau hin.«

Ich sehe Wasser und ein paar Sträucher am anderen Ufer. Einige kümmerliche Bäume. Bei ganz genauem Hinsehen entdecke ich plötzlich ein schmales, unbemanntes Floß, das sich kaum von der Wasserfläche abhebt.

»Manche Dinge sieht man nur, wenn man von ihnen weiß, Anatol.«

Jetzt sehe ich auch das dünne Seil, an dem das Floß gezogen wird und das in einer Holzbaracke am Kai endet, wo die Winde stehen muss. Das Floß treibt langsam auf uns zu. Bald werden die Infrastrukturprojekte der EU diese Gegend erreichen. Die EU-Gelder, die es bis hierher schaffen, werden vieles verändern. Gewinner werden Leute wie Horváth sein. Die Fähre wird verschwinden, und Figuren wie Castro werden ihr bald nachfolgen. Ihre letzten Kapitel werden geschrieben, ohne dass sie es merken. Das Ostungarn-Mandat. Sophie sprach von brachliegendem Potential für die Industrie, sehr attraktiv für Investoren. »Diese Leute leben noch wie im 19. Jahrhundert, Anatol, das glaubst du nicht.«

»Wo genau fahren wir hin, Castro?«

»Zum Dicken aus dem Stadion, Levente, erinnerst du dich? Ich habe zusammen mit ihm in Tiszatardos ein Restaurant. Meine Kusine Zsuzsi fährt heute Nacht mit uns zurück.«

Castro hält vor einer Blockhütte. Dahinter beginnt ein Wald. Es gibt kaum noch Tageslicht. Ein halbes Dutzend Männer und ein paar Frauen in kurzen Röcken stehen vor dem Eingang um ein Feuer. Sie schauen zu uns herüber, Castro steigt aus. Eine Frau kommt eilig auf ihn zu, fällt ihm um den Hals, küsst ihn gierig, er fasst ihr an die Brust. So dass nur ich es sehen kann. Sehen soll.

★

Kurz vor Mitternacht will Castro los. Er war eine Weile verschwunden. Ich habe mich mit Levente und seinen Freundinnen unterhalten, bestens unterhalten, es wurden immer mehr. Als wir uns im kalten Licht der Glühbirnen verabschieden, überkommt mich eine große Traurigkeit. Trotz des Pálinka, wegen des Pálinka. Levente sieht krank aus. Wir alle sehen krank aus in diesem Licht. Alles ist hier auf Zeit. Alles ist auf Zeit.

»Es wird Zeit!«, ruft Castro.

»Alles klar, Anatol?«, flüstert mir Levente ins Ohr, als er mich umarmt.

»Danke, Levente. Dass ich dabeisein durfte.«

Castro zieht mich fort.

»Zsuzsi fährt doch nicht mit.«

Während wir losfahren, kämpfe ich mit einem fürchterlichen Nachgeschmack. Eine Frau hat mich überredet, ein frittiertes Etwas zu essen, eine Delikatesse, etwas vom Schwein – das musst du probieren, du musst! Ich habe Pálinka hinterhergeschüttet, es hat nichts genützt. Und nun irritiert mich etwas, ich weiß bloß nicht, was. Eine Weile, nachdem wir abgefahren sind, komme ich darauf: Castro hat Levente beim Abschied die Hand gereicht. Sonst begräbt er die Leute für gewöhnlich in Umarmungen. Er solle es sich gut überlegen, hat er gesagt. Vielleicht ging es um Geld.

»Warum bleibt Zsuzsi dort, Castro?«

Er schweigt und drückt aufs Gaspedal.

»Sie saß eben noch an deinem Platz«, sagt er düster.

»Hier …?«

Er nickt.

»Kannst du vielleicht etwas langsamer …?«

Castro drosselt die Geschwindigkeit ein wenig.

»Ich hoffe, du bist bei deiner Frau nicht rückfällig geworden, Anatol.«

»Sie war meine Freundin, nicht meine Frau. Nein, bin ich nicht.«

Er lächelt.

»Ich war mir sicher, dass du zu ihr zurückgehst. Du bist zu weich …«

»Sie hat mich verlassen, Castro, nicht ich sie. Und nun verlässt sie das Land.«

»Du bleibst aber hoffentlich! Jetzt beginnt für dich hier ein neues Leben!«

»So siehst du es?«

»So muss man es sehen. Sie muss bei Dillon & Dillon aber doch gut verdient haben.«

Die Kanzlei hat er sich gemerkt.

»Warum geht sie denn, deine Frau?«

Diese Hände, die das Lenkrad halten, haben mir die Kotze aus dem Gesicht gewischt. Als sei nichts dabei. Da war nicht die Spur eines Zögerns.

»Kannst du etwas für dich behalten, Castro?«

»Mit Geheimnissen kenne ich mich aus.«

Er lacht, großspurig wie immer. Vermutlich stimmt es diesmal.

»Sonst hätte ich nicht dieses Leben, Anatol.«

Ich erzähle von Horváth und den gelenkten Ausschreibungen, den Spenden und von Sophies und Colins Rauswurf in Chicago. Je länger ich rede, desto grimmiger blickt er drein. Das geplante Treffen mit Borsody lasse ich weg.

»Müssen die beiden Angst haben?«

Die Scheibenwischer hasten hin und her.

»Bitte, sag mir die Wahrheit.«

»Das müssen sie nicht, Anatol!«, sagt er barsch »Sofern sie die Sache für sich behalten.«

»Also doch gefährlich?«

»Arschloch!«, brüllt Castro, ich zucke zusammen.

Sein Ausbruch gilt einem Auto auf der Gegenfahrbahn, das uns mit Fernlicht entgegenkam. Er lacht.

»Die Leute, mit denen sie sich angelegt haben, können sehr unangenehm werden.«

»Unangenehm oder gefährlich?«

Er wiegt den Kopf.

»Sag, Castro!«

Er schweigt eine Weile.

»Ihr kapiert nicht, wie die Dinge hier laufen! Ihr respektiert uns nicht, auch du nicht, ihr kommt hierher und …«

»Warum sagst du das?«

Wieder fällt er in ein langes Schweigen. Ich muss an den jungen Castro denken. Der *The Soul of Man under Socialism* las und den wir bewunderten. Die Welt, aus der er kam, war weit genug weg, dass wir sie uns leicht als eine bessere vorstellen konnten. Auch unser Abschied gerät heute kühl. Er tippt sich kurz an die Stirn. Als ich die Wohnungstür aufsperre, leuchtet das Display meines Handys auf.

»Es ist nicht an euch, dieses Land zu verändern! Begreift das endlich!«

Dritter Teil

Borsody begrüßt mich per Handschlag und ohne sich zu erheben.

»Das New York ist der perfekte Ort für vertrauliche Gespräche«, sagt er mit breitem Grinsen, »sehen Sie sich um!«

Die Tische stehen weit auseinander. Dezente Musik ist zu hören, und das Licht ist angenehm heruntergedimmt. Er macht eine ausladende Handbewegung, als sei dies sein Wohnzimmer.

»Man isst hier auch ganz ausgezeichnet«, fügt er an, »und das hilft bekanntlich beim Denken.«

Ich habe mir einen nachdenklichen und vorsichtigen Journalisten vorgestellt. Vielleicht einen der misstrauischen Art, der gleich unangenehme Fragen stellt und jede Vertraulichkeit meidet. Mir gegenüber sitzt, wenn mich nicht alles täuscht, ein verwitterter Hallodri, der mit endlos langen, übereinander geschlagenen Beinen in seinem Sessel hängt und an einem Getränk nippt. Er ist fünfzehn Jahre älter als auf dem Foto im Internet, mindestens. Graue Strähnen durchziehen das achtlos gescheitelte Haar.

»Ich danke Ihnen für die Einladung, Herr Barnsteiner.«

Melinda hat mir geschrieben, Borsody gleiche Dezső Kosztolányi. Falls mir dieser etwas sage. Es könne hilfreich sein, das zu erwähnen, Borsody bilde sich auf die äußere Ähnlichkeit einiges ein. Ich lege meine Handflächen auf die Armlehnen.

»Hier haben schon zahllose Berühmtheiten verkehrt, Herr Barnsteiner.«

Er lässt den Blick durch das Lokal schweifen. Am Nachbartisch nickt ihm eine Dame zu.

»Sie sind offenbar auch eine Berühmtheit, Herr Borsody.«

Sein Lachen gibt den Blick frei auf gelbliche Zähne. Meine Hände sind kalt. Dies hier ist eine Nummer zu groß für mich, Tobias. Warum habe ich bloß auf dich gehört?

»Mögen Sie auch einen Martini?«

Er hält den Kopf schief.

»Ich würde mir dann einen zweiten genehmigen. Wenn das in Ordnung ist?«

Noch bevor ich antworten kann, hält er sein Glas in die Höhe, ruft den Kellner herbei. Dieser Mann leitet die Wahlberichterstattung des *Aufbruch*? Nicht vorschnell urteilen, Anatol, zu oft hast du dich schon getäuscht.

»Gefällt es Ihnen in Ungarn? Sie sind wohl noch nicht allzu lange hier …?«

Wieder hält er den Kopf etwas schief. Aufstehen und gehen, alles vergessen?

»Das Leben hier ist voller Überraschungen. Mir gefällt es.«

Borsody grinst.

»Überraschungen welcher Art? Sind wir wegen einer solchen hier?«

Was hat Melinda ihm erzählt?

»Ich weiß nicht …«

Ich schwitze, atme langsam aus.

»Ich denke …«

Borsody blickt mich mit einem leicht gereizten Gesichtsausdruck an.

»Wissen Sie eigentlich, wen Sie vor sich haben, Herr Barnsteiner?«

Er nimmt einen kräftigen Schluck und stellt das Glas auf den Tisch.

»Natürlich, Herr Borsody. Einen der besten Journalisten des Landes, deshalb wende ich mich ja an Sie und Ihre Zeitung.«

In der nächsten Viertelstunde macht mich Borsody mit den Höhepunkten seines Berufslebens vertraut. Bei der Aufdeckung des Skandals um die Wasserwerke, von dem ich gehört habe, war sein Beitrag entscheidend. Sagt er. Ihm zuzuhören ist unterhaltsam.

»Die Geschichte wurde von den Weltmedien aufgegriffen. *New York Times*, *Guardian*, *Frankfurter Allgemeine*. Von allen!«

»Das ist sehr eindrücklich.«

»Es war wie im Film. Nur war es die Wirklichkeit.«

Drei Direktoren der Wasserwerke hatten mit Geldern für Unterhaltsarbeiten ein Hotel auf Malta gekauft. Niemand hatte etwas gemerkt. Jahrelang war das Hotel prächtig gelaufen. Als die drei daraufhin mit dem

Gewinn das Gelände des stillgelegten alten Budapester Wasserwerks hatten kaufen wollen, um darauf ein Sportzentrum für eine gehobene Kundschaft zu errichten, hatte ein Sekretär einen Anteil verlangt. Als sie sich weigerten, war er zu Borsody gegangen.

»So kommen in Ungarn die Skandale ans Licht. Abgesägte Komplizen, verhinderte Trittbrettfahrer, rachsüchtige Geliebte. Unsere wichtigsten Zuträger.«

»Ist das nicht überall so, Herr Borsody?«

Er schaut mich fragend an.

»Der Sekretär hat mir vertraut. Er wusste, dass die Geschichte bei mir gut aufgehoben war.«

Er lehnt sich nach vorne.

»Seien wir ehrlich, Herr Barnsteiner, fünf Jahre Gefängnis für das bisschen Spaß, den die drei hatten, sind doch etwas hart.«

»Das kann ich schwer beurteilen.«

»Glauben Sie mir. – Ich darf mir doch auch etwas Süßes bestellen?«

»Von mir aus gerne.«

Melinda muss von einer Einladung gesprochen haben. Wohl um ihm die Zusage schmackhaft zu machen.

»Mögen Sie Túrógombóc? Ich kann sie Ihnen wärmstens empfehlen.«

»Dafür ist es etwas früh.«

»Oder die Dobos-Torte? Es gibt Leute, die allein deswegen nach Ungarn kommen. Einmalig, fast wie die ungarischen Frauen.«

»Sie schätzen schöne Frauen, Herr Borsody?«

»Gegenseitig.«

Seine stechenden Augen und das heisere, dreckige Lachen faszinieren mich.

»Ein wenig wie Kosztolányi?«

»Sie sind ein Kenner!«

Er nickt und mustert mich.

»Kommen wir zum Geschäftlichen. Oder wollen Sie Ihr Geheimnis wieder mitnehmen?«

Das Ganze war also bloß Vorspiel.

»Sie können beruhigt sein. Ihre Geschichte ist bei mir bestens aufgehoben.«

Er unterbricht mich gelegentlich mit Fragen. Auf meine Bitte, Sophie und Colin wegzulassen und zu schützen, nickt er sofort.

»Kein Problem. Wer weiß von dieser Geschichte?«

Ich zucke mit den Schultern.

»Weiß ich alles?«, fragt er.

»Natürlich.«

Den Film habe ich nicht erwähnt. Auf einmal läuft es mir kalt den Rücken hinunter. Das Handy auf dem Tisch ist ein Aufnahmegerät!

»Ist es die ganze Zeit gelaufen?«

Borsody nickt.

»Weshalb kommen Sie mit der Geschichte zu uns, Herr Barnsteiner? Bekommen Sie Geld?«

»Nein. Wie kommen Sie darauf?«

Weil ich diesmal auf der richtigen Seite stehen will, Tobias? Das wäre, wie die Dinge liegen, Borsodys Seite. Während auf der anderen Sophie und Colin stehen.

»Warum zu uns, Herr Barnsteiner?«

»Warum …? Soll das alles etwa so weiterlaufen?«

Borsody lächelt. Er hebt die Augenbrauen und verlangt die Rechnung.

»Wir bringen die Geschichte. Übermorgen oder am Samstag.«

Er erhebt sich und gibt mir seine knochige Hand, geht zur Garderobe und verschwindet in der Drehtür.

Am Abend kommt eine Mail von Melinda. Im Haus machten Gerüchte über eine große Geschichte die Runde, die zur Chefsache erklärt worden sei. Niemand wisse Näheres. Borsody gebe sich zugeknöpft. Spät am Abend schreibt Castro eine SMS: Ich solle die Angelegenheit für mich behalten, unbedingt. Ich müsse auf ihn hören, mit diesen Leuten sei nicht zu spaßen.

»Ich habe mit dem *Aufbruch* gesprochen«, schreibe ich ihm zurück, »vielleicht ein Fehler.«

Sekunden später klingelt mein Handy – Castro. Ich gehe nicht ran. Bald darauf ruft er erneut an. Ich stelle auf lautlos. Nach dem dritten Surren schalte ich das Gerät aus.

Um vier Uhr erwache ich aus einem unruhigen Schlaf. Ich schalte das Handy ein. Sechzehn verpasste Anrufe.

*

Borsody hätte sich auf die Geschichte stürzen müssen, ist mein erster Gedanke, als ich am Freitag um vier Uhr aufwache. Konnte er sich zunächst nicht vorstellen, dass ihm ein Outsider wie ich solch brisantes Material liefern würde? War er zu Beginn nur am Freigetränk und an der

144

Einladung zum Essen interessiert? Hat er erst mit der Zeit begriffen, was ihm hier angeboten wurde? Niemand wird zufällig Leiter der Wahlberichterstattung beim *Aufbruch*, beruhige ich mich selbst. Als wir zur Sache gekommen sind, hat er gleich Termine genannt. Ich habe mich von seinem Äußeren verunsichern lassen. Vom Exaltierten, das er so zur Schau trägt, dem Schuppentepppich auf den gepolsterten Schultern, dem geckenhaften Blick und den gegelten Haaren. Dass die Geschichte zur Chefsache erklärt wurde, könnte bedeuten, dass man ihr Priorität eingeräumt hat – muss es bedeuten! Zu wichtig für das übliche Prozedere! Die Geschichte könnte in der ungarischen Politik ein Erdbeben auslösen. Vielleicht ist sie, während ich mich im Bett herumwälze, auch bereits gedruckt!

Kurz vor sieben verlasse ich das Haus. Der Kiosk am Kalvin-Platz öffnet in ein paar Minuten. Ich mache einen Umweg über die Szentkirály-Straße, vorbei an der Pázmán-Universität, rechts an der großen Brache entlang. Nicht rennen. Ich sehe die Titelseite des *Aufbruch* bereits vor mir. Horváths Bild, dazu die rote Schlagzeile: »Das System« oder: »Die Krake«. Der Leitartikel folgt auf den Seiten zwei und drei. Als ich die Treppe zur Metrostation hinabsteige, atme ich schwer. Die Deckenbeleuchtung des Kiosks ist eingeschaltet. Zweimal die Woche kaufe ich hier meine Zeitungen, die Verkäuferin kennt mich. Meine Augen sind auf den Auslagetisch in der Mitte gerichtet. Auf einmal habe ich Angst, spüre mein Herz klopfen. Ich stoße mit dem Ellbogen gegen den Griff der offenen Glastür. Es poltert, als würde die Türe gleich aus der Verankerung springen, die Verkäuferin schüttelt den Kopf. Mit einiger Verzögerung durchfährt mich ein heftiger Schmerz.

Ich starre auf die Frontseite des *Aufbruch*. Ein umgekippter Laster, ausgelaufenes Öl auf einer Straße. Darunter das Foto einer ungarischen Rockband, die sich gerade aufgelöst hat. Ich blättere die Zeitung durch, lege das Geld auf den Tisch, schaue jede Seite noch einmal ganz genau an. Alles schien klar und logisch: Chefsache, Geheimhaltung, Borsodys sofortige Entscheidung. In Wirklichkeit war da nur eine vage Möglichkeit. Die Gewissheit war nur in meinem Kopf. Nochmal vierundzwanzig Stunden warten. Eine Ewigkeit.

Ich frühstücke ausgiebig im Zappa, die Zeit schleicht. Ich hole den Anzug von der Reinigung ab, räume zu Hause auf, gehe in die Akademie, um eine Sicherheitskopie all meiner Notizen zu machen. Für alle Fälle. Vor dem Gespräch mit Borsody habe ich alles Wichtige aufgeschrieben. Im Kopierraum steht Németh am Kopierer. Er ist bekannt, ja gefürchtet für seine ausgedehnten Kopieraktionen.

Heute kopiert er Seite um Seite eines Buches, das Hunderte Seiten umfasst. Ich setze mich auf einen Stuhl. Ich habe Zeit, Herr Németh, ich weiß, wie die Dinge hier laufen. Németh schwitzt in seinem braunen Anzug. Die Krawatte ist wie immer korrekt gebunden.

»Wollen Sie vor?«

Ich bin so überrascht, dass meine Notizen auf den Boden fallen. Er sammelt sie auf, noch bevor ich reagieren kann, und reicht sie mir mit einem Lächeln.

»Ich verhafte Sie nicht, Herr Barnsteiner. Wollen Sie vor?«

»Gerne, es dauert nicht lange.«

Er streckt mir sein Buch entgegen und zuckt entschuldigend mit den Schultern.

»Geld für Neuanschaffungen haben wir keines.«

★

Diesmal ist der Kiosk noch dunkel. Ich gehe näher ran und entdecke einen Schatten, der sich rasch bewegt. Die Verkäuferin ist bereits da. Sie räumt Mineralwasser in den Kühlschrank. An der Wand blinkt eine elektronische Uhr mit roten Ziffern.

Saturday 13 November 06:41

Die Frau winkt mich herein. Auf dem Boden liegen ein halbes Dutzend Zeitungsbündel. Daneben steht ein Eimer mit Wasser.

»Bedienen Sie sich.«

Ich klaube einen *Aufbruch* heraus, meine letzte Chance.

Auf der Frontseite – nichts! Ich blättere hastig durch, noch einmal, diesmal langsam, noch einmal, spüre einen Druck auf meinen Augen, von innen her, presse die Lider zusammen, öffne die Augen wieder, sperre sie auf, fixiere die Uhr.

06:45

Wie konnte ich Borsody vertrauen? Wie in aller Welt! Freitag oder Samstag!

Oder hat er mir in der Zwischenzeit vielleicht geschrieben? Ich habe meine Mails nicht mehr geprüft.

Mein Handy liegt zu Hause auf dem Tisch. Ist vielleicht etwas Wichtiges dazwischengekommen? Ich eile zur Wohnung zurück, keine voreiligen Schlüsse ziehen, die Zusage war eindeutig.

Als ich das Passwort eintippe, zittern mir die Finger.

1 message in folder

Lea will wissen, ob Sophie und ich über Weihnachten nach Hause kommen. Wir könnten bei ihr wohnen. Die Kinder würden sich über den Besuch freuen, sie und Markus sich natürlich auch. Wir könnten im großen Zimmer im Keller übernachten. Da sei es zwar etwas eng und düster, doch das Wichtigste sei doch, an Weihnachten wieder einmal zusammen zu sein.

Ich sitze reglos vor dem Computer. Die Geräusche der Straße dringen nur gedämpft an mein Ohr, von fern, unwirklich.

Das New York, die Martinis, Borsodys fettige Haare.

Ich schreibe Melinda eine SMS. Sie solle mich bitte sofort anrufen. Ich bräuchte die Nummer von Borsody, dringend.

Um halb zehn rufe ich beim *Aufbruch* an.

Borsody sei nicht da. Ich möge es am Montag versuchen. Er sei sehr beschäftigt, wie ich mir vorstellen könne.

»Verflucht, ich brauche Herrn Borsodys Nummer! Jetzt!«

»Auf Wiederhören.«

Ich nehme eine verfaulte Orange aus der Schale, reiße das Fenster auf und werfe sie gegen die Fassade gegenüber. Mit aller Kraft. Ein leises Klatschen, keinerlei sichtbare Spuren.

Ein Anruf!

Melinda, endlich.

Sie weiß von nichts. Borsody sei die letzten Tage nicht zu sprechen gewesen.

»Die Sache muss gestorben sein, Anatol. So etwas kommt vor.«

»Warum hat er gesagt, er würde die Geschichte bringen? Kannst du mir das erklären?«

»Kann ich nicht. Borsody weiß in der Regel, was er tut. Auch wenn er etwas merkwürdig ist.«

In der Küche muss irgendwo der Honigpálinka herumstehen, den mir die Nachbarin vor die Tür gestellt hat. Ein schmales, hohes Fläschchen, von Hand beschriftet.

»Ich danke dir, Melinda, trotzdem.«

Ich gehe benommen in die Küche.

Auf gute Nachbarschaft!

»Anne, ich möchte dich sehen.«

Senden.

»Auch sehen!«

Senden.

Auf gute Nachbarschaft!

»So geht das nicht, Anatol. Colin und ich müssen heute reden.«

Auf gute Nachbarschaft!

★

Ich halte es in diesem verschwitzten Bett keine Sekunde länger aus. Ich muss raus hier, mich auspowern, müde werden. So müde, dass ich wieder schlafen kann. Mein Kopf schmerzt.

Zur Zitadelle hoch, jetzt noch?

Eine Stunde bräuchte ich bestimmt. Es wäre dunkel, wenn ich oben ankäme, ich könnte stürzen.

Borsodys Lächeln, als er aufgestanden ist. Er hat genickt und sich an der Garderobe den Mantel reichen lassen. Wusste er da schon, dass er sein Wort nicht halten würde? War ich die ganze Zeit nur der, der für ihn bezahlen sollte? Hat er gerülpst, als er draußen um die Ecke gebogen ist?

»Sie kennen Kosztolányi? Und Szerb?«

Vor der Markthalle brennen sie Feuerwerk ab. Junge Männer, aufgekratzt, mit Ghettoblastern. Ein paar rennen mit Bierdosen in der Hand umher und pöbeln Passanten an. Ich weiche aus und eile über die Brücke. Beim Aufstieg weht mir ein eisiger Wind um die Ohren, doch ich fühle mich besser. Die kalte Luft in den Lungen tut gut.

Wer nachts auf der Zitadelle steht und die Augen zusammenkneift, sieht eine brennende Stadt. Mittendrin ein schwarzer Fluss, der sich windet und ihr Fieber herunterkühlt.

Ich nehme den Weg über die Kettenbrücke zurück. Auf dem Vörösmarty-Platz feiern sie. Die Wiederwahl oder die neue Regierung, ich kann es nicht sagen, die Ergebnisse werden morgen bekanntgegeben. Feiern, bevor es zu spät ist. Der Geruch von Glühwein liegt in der Luft. Jemand drückt mir einen Becher in die Hand, ich trinke und verbrenne mir die Zunge. Die Menschenkette, deren Glied ich auf einmal bin, setzt sich in Richtung

Váci-Straße in Bewegung. Eine Frau mit grün-weißem Halstuch hält mich an der Schulter. Sie hüpft, fasst mich um die Hüfte, schlägt beinahe mit dem Kopf gegen meinen, krakelt herum.

Grün-weiß bedeutet Ferencváros. Honvéd, der Club der Kommunisten, ist rot, also feiern wir wohl Horváths Sieg. Ich feiere Horváths Sieg. Das Leben treibt einen, man findet sich auf irgendeiner Seite wieder und feiert mit. Immer auf der falschen, würdest du jetzt sagen, Tobias.

In der Váci-Straße hängen ungarische Flaggen aus den Fenstern, die meisten mit herausgeschnittener Mitte. Auf den Simsen stehen Kerzen, und vor der Markthalle tanzen sie nun. Auf der Straße brennt ein großes Feuer, brennende Möbel. Ein paar Männer haben gegen die Brücke hin eine Barrikade errichtet.

Heute werde ich gut schlafen.

Als ich den Rundbalkon betrete, erschrecke ich zutiefst. Ein Schatten sitzt auf dem Korbstuhl neben der Wohnungstür.

»We have to celebrate, my friend.«

★

»Wir fahren auf den Rosenhügel.«

Castro legt mir den Arm um die Schulter und schiebt mich zum Lift.

»In die Villa?«

Er nickt und lächelt.

»Nikolett hat nach dir gefragt. Ich habe gesagt, ich werde dich mitbringen.«

Die sechzehn Anrufe sind offenbar vergessen.

»Wir haben im Sommer ein paar Worte gewechselt, und sie erinnert sich tatsächlich an mich?«

Immer wieder habe ich Andeutungen gemacht, er möge mich noch einmal mitnehmen. Mit der Zeit dachte ich, er habe mir in einer vertraulichen Stunde etwas gezeigt, das nicht für meine Augen bestimmt war.

»Du bist für sie der Übersetzer aus Irland. Du hast sie beeindruckt.«

»Was habe ich ihr denn erzählt?«

»Ich weiß es nicht, sie war jedenfalls angetan.«

Ich will es gern glauben, aber ob es auch stimmt? Lügen reimt sich bei Castro auf Freundschaft. Als wir die schmalen Sträßchen zur Villa hochfahren, dreht er die Musik auf und schlägt immer wieder mit der Handfläche aufs Lenkrad. Er singt laut mit. Beim Einbiegen in die Einfahrt sehe ich sofort, dass die Kleiderständer und Büsten vom Sommer verschwunden sind. Kahle Bäume ragen in den Nachthimmel. Castro parkt und geht zum Kofferraum, drückt mir eine Weinflasche in die Hand und zieht unter einer Wolldecke eine Tasche hervor.

Die Tür zur Villa steht halb offen. Flügelspiel dringt nach draußen. Wir gehen langsam darauf zu, ich betrachte die feinen Säulen. Im Foyer drängen sich Männer und Frauen eng zusammen, und eine riesige hängende Kerze spendet ein nachsichtiges Licht. Viele tragen eine weiße Maske, manche mit langem, spitzem Schnabel, fast alle sind verkleidet. Ein Engel mit hochgestecktem Haar sitzt erhöht auf der Treppe und bläst Seifenblasen auf die Köpfe hinab. Ein furchteinflößend großer Harlekin geht von Gast zu Gast, schaut jedem ins Gesicht. Schließlich auch Castro und mir.

»Wer bist du? Warum bist du so verkleidet?«, fragt er mich.

»Ich bin nicht verkleidet …«

Ich zucke mit den Schultern, der Harlekin lacht. Ich frage ihn nach Nikolett, und er zeigt mit der Hand in den Salon. Ein junger Mann sitzt am Flügel. Nikolett steht im bordeauxroten Kleid und mit schwarzen Handschuhen hinter ihm, wir arbeiten uns vor. Castro umarmt sie, sie blickt mich neugierig an. Plötzlich stehen zwei Männer bei uns, denen Castro sich zuwendet.

»Du kümmerst dich um Nikolett, Anatol?«

Er lacht.

Nikolett reicht mir ein Glas. Sie will wissen, wie es mir ergangen ist in der Zwischenzeit.

»Willst du eine ehrliche Antwort? Oder eine, die gut klingt?«

»Ehrliche Antworten klingen nicht gut?«

Sie zieht einen Handschuh aus und fährt mir mit der Hand über den Kopf.

»Dein Haar ist nass.«

»Ich war auf dem Vörösmarty-Platz. Und davor auf der Zitadelle.«

»Oben auf der Zitadelle? Es ist kalt heute …«

Sie zieht den Handschuh wieder an.

»Ich fürchte, es wird für mich ein noch kälterer Winter.«

»Inwiefern?«

»Das willst du nicht hören.«

Sie gibt mir einen Kuss auf die Wange.

»In diesem Haus ist es nie kalt. Wenn du trinkst, wird es noch wärmer.«

»Danke.«

»Schostakowitsch«, sagt sie zu dem jungen Mann am Flügel, »für unseren Gast.«

Der Mann beginnt zu spielen. Er schaut sie an und lächelt.

»Ein Walzer?«

»Magst du tanzen?«

»Ich kann es nicht.«

»Wirklich nicht? Dieser Walzer ist anders als andere.«

Sie legt mir die Hand auf die Schulter und schaut mich fragend an.

»Ich wünschte, ich könnte.«

Castro sitzt mit den Männern in einer Ecke, schaut gelegentlich zu uns herüber.

»Das Haus gehörte deinem Vater?«

Sie nickt.

»Und die Leute kommen noch immer?«

Sie nickt wieder und trinkt.

»Warum bist du hier, Anatol? Wegen der schönen Frauen?«

»Wäre das ein guter Grund?«

»Willst du mit einer schlafen?«

Ich leere mein Glas. Sie schaut mich von der Seite an.

»Was siehst du?«

»Einen Einsamen?«

»Heute nicht …«

Sie zuckt mit den Schultern.

»Gibt es hier noch Aktmalerei, Nikolett?«

Sie lacht und schenkt uns erneut ein.

»Möchtest du Modell sitzen? Die Leute würden sich um das Bild reißen.«

Wir lachen.

»Was feiern wir heute?«

»Brauchst du immer einen Grund …?«

»All die Masken … ein wenig unheimlich.«

Sie fährt mir mit dem Handschuh übers Gesicht.

»Wer steckt hinter dieser Maske?«

Sie mustert mich und küsst mich auf den Mund, trinkt.

»Setzen wir uns für einen Moment! Später zeige ich dir die Requisite. Wenn du magst.«

»Die Requisite?«

Das runde Gesicht.

»Nikolett!«, ruft eine helle Stimme hinter uns.

Eine hübsche Frau in Begleitung zweier Männer steht im Türrahmen. Sie küsst Nikolett auf die Wange.

»Eine Schauspielerin«, flüstert Nikolett, »die ungarische Fanny Ardant.«

Der eine Mann wird mir als Dekorateur aus Prag vorgestellt. Der andere sei ein ungarischer Schriftsteller, der in Berlin lebe.

»Alle ungarischen Schriftsteller«, sagt Nikolett laut, »leben heute in Berlin. Wahrscheinlich muss man da leben, um als ungarischer Schriftsteller zu gelten.«

Die vier lachen. Nikolett wechselt ein paar Worte mit der Schauspielerin, während die Männer sich scherzend unterhalten. Ich stehe daneben. Nach einer Weile geht Nikolett zu einem Regal, nimmt einen Zigarillo aus einer Dose und steckt ihn sich in den Mund.

»Hast du Feuer?«

Der Dekorateur ist sofort zur Stelle. Nikolett nimmt mich bei der Hand, und wir setzen uns aufs Sofa, der Dekorateur setzt sich ungebeten dazu. Er legt seine Hand auf ihr Knie. Sie lässt ihn gewähren. Zum zweiten Mal bin ich heute betrunken. Wir schauen dem Mann am Flügel zu, wie er spielt, auf meinen Wunsch hin noch einmal den Walzer, und gleich noch einmal. Schostakowitsch zwei, hat es dich auch erwischt, Anatol? Der Dekorateur streichelt mit geschlossenen Augen über Nikoletts Knie.

»Wollen wir hoch?«, flüstert sie mir nach einer Weile ins Ohr.

»Gerne.«

»Du musst mich stützen, Anatol. Ich habe getrunken.«

»Dein Lippenstift ist verschmiert, Nikolett.«

»Küss ihn weg.«

Der Dekorateur schaut mich mit glasigen Augen an. Seine Hand liegt auf Nikoletts Oberschenkel.

»Wo sind die Büsten und Kleiderständer, die im Sommer draußen standen?«

»Du merkst dir die Dinge … vielleicht etwas zu genau?«

Castro sitzt mit den Männern und zwei Frauen auf der Treppe. Sie haben Gläser in der Hand. Er erzählt, die anderen hören ihm zu.

»Ich zeige Anatol den ersten Stock. Ein paar Geheimnisse des Hauses …«

Castro grinst und rückt beiseite. Nikolett zieht mich an der Hand hoch. Sie muss sich am Geländer festhalten. Auf einmal sind wir in einem stockfinsteren Raum. Es riecht nach Staub und alten Möbeln, Nikoletts Parfüm. Sie knipst ein schwaches Licht an. Ich sehe endlos lange Kleiderstangen, mit Mänteln, Kostümen, Anzügen. Hüte liegen auf hohen Regalen. Sessel sind zu Türmen gestapelt. Gipsköpfe und Büsten stehen auf dem Boden, und an der Wand neben dem Fenster sehe ich einen Schrank und ein riesiges Sofa. Daneben schwebt eine mannshohe Pappnase, darunter ein Korb mit Pfeilkreuzler-Armbinden, den Armbinden der ungarischen Nazis, bis oben voll. Offenbar eine wichtige Rolle im ungarischen Theater.

»Ich bin gleich zurück, Anatol.«

Ich lasse mich aufs Sofa fallen. Nikolett geht schwankend aus dem Zimmer. Ich höre Schritte auf der Treppe, ein Knarren im Nebenraum.

Schostakowitsch zwei. Immer wieder.

★

Ich weiß nicht, wann sie sich erhoben hat, und ob wir noch gesprochen haben. Jedenfalls muss ich mehrere Stunden lang unbedeckt im Halbschlaf auf dem Sofa gelegen haben. Inmitten der Pfeilkreuzler-Armbinden, die überall herumlagen. Ich setzte mich auf. Die Pappnase lag auf dem Boden. Da ist eine vage Erinnerung daran, sie heruntergerissen zu haben. Ein Stapel mit Sesseln krachte mit Getöse zusammen, daran erinnere ich mich. Ich muss mich an der Kette festgehalten haben, an der die Nase hing. Nikolett lachte einmal laut auf und hielt mir die Ohren zu, beugte sich über mich, küsste mich, richtete sich wieder auf, küsste mich. Irgendwann schloss sie die Augen und verschränkte die Hände hinter dem Kopf. Darauf saß ein breitkrempiger Hut, den ich nicht anfassen durfte.

»Lass das, Anatol!«

Jemand kam herein. Oder befürchtete ich es bloß?

Irgendwann stand ich auf und ging nach unten. In meinem Kopf drehte sich alles, und ich brauchte eine Weile, bis ich das Parterre erreichte. Ich wollte ein Taxi rufen. Aus dem Salon hörte ich gedämpfte Stimmen und ein leises Kratzen. Nikolett saß mit den Männern, mit denen Castro sich unterhalten hatte, vor dem Kamin. Ein Feuer loderte. Als sie mein Räuspern hörten, sahen sie auf. Einer der Männer stocherte mit einer Eisenstange im Feuer herum. Nikoletts Haar war offen und zerzaust. Sie blickte mich einen Moment lang ernst an, dann lachte sie. Csaba sei gegangen. Wir seien die Letzten. Sie rief mir ein Taxi, und als es da war, bat ich sie um ihre Nummer. Sie zögerte. Dann schrieb sie sie auf meine Hand. Zu Hause fand ich keinen Schlaf.

Noch jetzt, am frühen Nachmittag, hat sich der Geruch der Nacht nicht verzogen. Ein Schleier liegt über allem. Ich sitze im Szimpla, wie oft, wenn ein Abend bis zum Morgen gedauert hat, und betrachte die Spur auf meiner Hand. In meinen Ohren hallt die Musik wider. Der Mann am Flügel, er geht mir nicht aus dem Sinn.

Er hat immer wieder zu Nikolett hochgeschaut wie ein Bruder, der über die Musik mit ihr verbunden ist. Blasse Haut und weißer, makelloser Stehkragen.

Ich muss dich noch einmal sehen, Nikolett!

Ich wähle die Nummer. Es knackt in der Leitung. Eine metallene Stimme sagt, die Nummer sei nicht vergeben. Musik, ein Summton, zweiter Versuch. Die Kellnerin stellt eine zweite Tasse Kaffee hin. Aus einer alten Badewanne neben mir wächst Grünzeug in die Höhe. An der Decke hängt ein Fahrrad. Letzter Versuch. Hat Nikolett mir absichtlich eine falsche Nummer gegeben? Oder hat sie sich verschrieben? Castro könnte mir helfen, doch ich mag ihn nicht anrufen. Ich möchte dich wiedersehen, Nikolett, unbedingt, und so ringe ich mich nach einer Weile doch durch.

Castro hebt nicht ab.

Eine SMS von Miklós!

»Die Nationalpartei hat gewonnen! Fast fünfundfünfzig Prozent, gut für die Akademie und gut für uns, Anatol!«

Bald wird man über neue Minister sprechen. Bald wird man über Horváth sprechen und ihn ständig im Fernsehen sehen. Die Leute werden denken: Dieser Mann weiß, wovon er spricht.

Ich habe von Anfang an geahnt, Tobias, dass die Sache nicht klappen würde. Weil die Welt da draußen eine andere ist als die in meinem Kopf. Weil sie immer eine andere war.

Auf den Rosenhügel hinaufsteigen und bei Nikolett klingeln?

Schon nach ein paar Metern breche ich ab. Da ist auch Annes Stimme in meinem Kopf, die mir fehlt, anders fehlt. Ich muss an den Herbsttag auf der Margareteninsel denken. An die Kinder, den kleinen Zoo, in dem Manu den Vortrag über die Schildkröten gehalten hat. Die Ruinen. Ich gehe nach Hause und setze mich in den Sessel neben dem Fenster, schaue hinaus und schlafe schon bald sitzend ein. Irgendwann schleppe ich mich ins Bett.

Am Morgen weckt mich eine SMS von Melinda.

»Heute ist etwas drin! Schau's dir an, Seite sechzehn. Borsody hat die Meldung geschrieben.«

Ich stürze mich in die Kleider und renne zum Kiosk. Kann das sein? Nach der Wahl?

Zwölf schmale Zeilen.

»Unregelmäßigkeiten bei Ausschreibungen«, lautet die dünne Überschrift. »Politiker der Nationalpartei sind in zweifelhafte Vergaben von Aufträgen verwickelt, vieles ist unklar. Es geht um 4 Millionen Euro.« Wie kommen sie auf die Zahl? Und warum, um Himmels willen, bringen sie die Notiz nach der Wahl, nach Anbruch der neuen Zeit? Keine Namen und keine Fotos. »Man werde der Sache nachgehen, erklärt ein Parteisprecher. In Zukunft werde man bei Vergaben für mehr Transparenz sorgen.«

»BB«.

Borsody Balint.

Ich fotografiere den Artikel und schicke ihn Anne.

»Haben sie das von dir, Anatol? Mach keinen Mist!«

Ich setze mich auf die nächste Bank, oben auf dem Kalvin-Platz. Warum wollte Castro unbedingt verhindern, dass die Sache in die Medien gelangt?, geht mir durch den Kopf.

»Wir müssen uns treffen«, schreibe ich ihm. »Heute Abend um neun im Pigalle.«

»Wegen Nikolett?«

»Auch, Castro. Aber nicht nur.«

★

Er setzt sich auf den Hocker neben mir. Ich bin schon seit einer Stunde da. Der Hocker ächzt unter seinem Gewicht. Er legt mir die Hand auf die Schulter, während er die Drinkkarte studiert, und bestellt einen Whiskey. Die Barkeeperin ist dieselbe wie beim letzten Mal.

»Hast du dich inzwischen ausgeschlafen, Anatol? Es soll spät geworden sein am Samstag.«

Ich nicke. Ich warte, ob er von sich aus zu sprechen beginnt, doch Castro schweigt. Wartet ruhig ab.

»Wie steht ihr beide zueinander, du und Nikolett?«

Er blickt starr geradeaus und zuckt mit den Schultern.

»Eine gute Freundin. Ich habe viele gute Freundinnen.«

Er schiebt das Kinn nach vorne.

»Wie gut, Castro?«

»Du hast mir nichts weggenommen, Anatol. Mach dir keine Gedanken. Nicht deswegen.«

»Wegen anderem schon?«

Er schaut mich ernst an und nickt.

»Wegen anderem schon, Anatol.«

Ich verschlucke mich und muss ein Husten unterdrücken.

»Wie meinst du das?«

Er starrt auf den Tresen. Mir wird heiß. Ich wollte ihm auf den Zahn fühlen, und sofort hat er den Spieß wieder umgedreht.

»Ich bin dein Freund«, sagt er ruhig, »du solltest auf mich hören.«

Er schüttelt den Kopf.

»Aber das tust du nicht, Anatol! Willst du Nikolett wiedersehen?«

Ich zucke mit den Schultern und nicke schließlich.

»Du hast mit der Zeitung gesprochen …«

Er rückt näher an mich heran und fasst mich mit festem Griff an der Schulter.

»… warum?«

Ich spüre seinen Atem an meinem Hals. Ich sollte gehen, sofort.

Ich ziehe seine Hand herunter.

»Warum wohl, Castro?«

»Erklär's mir, Anatol!«

»Warum kümmert dich das überhaupt? Jetzt, nach der Wahl …«

»Willst du mir erklären, was mich hier zu kümmern hat? Du?«

Ich rücke ein Stück weg.

»Hast du Verbindungen zur Nationalpartei, Castro? Bist du in irgendwas verstrickt?«

Er schlägt mit der Handfläche auf den Tresen.

»Es interessiert mich nicht, wer hier die Wahlen gewinnt! Aber du kapierst nicht, wie die Dinge hier laufen!«

Die Barkeeperin, die die Tische abwischt, schaut zu uns herüber.

»… und das ist ein Problem, Anatol! Was weißt du schon von diesem Land!«

»Erklär's mir, Csaba! Erklär mir, wie es hier läuft und was ich nicht verstehe.«

Das erste Mal, dass ich ihn Csaba genannt habe.

»Habe ich mich nicht um dich gekümmert, als du alleine warst, Anatol? Dir die Villa gezeigt und dir diese Nacht …?«

Er bricht mitten im Satz ab, wendet den Blick ab und schweigt.

»Ohne mich hättest du hier …«

Sein Handy beginnt zu blinken. Er schaut unentschlossen auf das Gerät und nimmt den Anruf schließlich entgegen.

»Ich muss kurz raus.«

Was beim *Aufbruch* in diesen Tagen geschehen ist, werde ich wohl nie erfahren. Castro weiß vermutlich nichts. Er ist verärgert und enttäuscht, weil ich nicht mehr nach unseren alten Regeln spiele, die er festgelegt hat, vor vielen Jahren. Dieser Tag musste kommen. Als er wieder neben mir sitzt, ist er besserer Stimmung. Er bestellt uns noch einmal Drinks und will wissen, wie ich mit dem *Aufbruch* in Kontakt getreten bin. Ob ich angerufen habe. Eine Zufallsbegegnung, sage ich, bei einem Abendessen. Ich hätte das Gefühl gehabt, nicht nur zusehen und die Dinge geschehen lassen zu dürfen. Er schüttelt den Kopf.

Ist er, wie Németh, bloß allergisch gegen die Einmischung von Leuten, die das Leben zufällig hierher verschlagen hat? Die meinen, die Dinge besser zu verstehen als die, die schon immer hier gelebt haben? Ihm doch alles sagen? Den ganzen Rest auf den Tisch legen?

Es kommt, wie es kommen muss. Dieser Abend ist, ich ahne es, wohl ohnehin der Anfang von unserem Ende.

»Ich will dir etwas erzählen, Csaba.«

Er schaut mich misstrauisch an.

»Noch immer wegen dieser Geschichte?«

»In der Zeitung steht nicht alles.«

»Das interessiert keinen …«

»Was ich weiß, würde die Leute interessieren. Genauer gesagt: was ich habe.«

Er blickt mich fragend an.

»Ich habe einen Film, Csaba.«

»Einen Film?«

Ich nehme mein Handy aus der Tasche und strecke es ihm entgegen.

»Ich habe Beweise.«

Er blickt überrascht, ungläubig.

»Wofür?«

»Der Chef von Dillon & Dillon Budapest sagt auf diesem Film, dass er in manipulierte Vergaben von EU-Geldern verstrickt ist, mit einem dreckigen Grinsen, der künftige Justizminister Ungarns.«

Castros Gesicht verfinstert sich. Diesmal stoße ich ihn vor die Brust.

»Soll man deiner Meinung nach denn schweigen, wenn einer wie Horváth Justizminister wird?«

»Wer denkst du, wer du bist, Anatol?«, fragt Castro leise und ohne mich anzusehen.

★

Wenige Augenblicke, nachdem ich eingeschlafen bin, klopft es an der Wohnungstür. Ich wanke benommen hin. Nikolett! Ich öffne die Tür, und mit der kalten Luft strömt ein vertrautes Parfüm in die Wohnung. Sie tritt ein, nimmt mein Gesicht in ihre Hände und steckt mir die Zunge in den Mund. Sie hat Kaffee getrunken. Ich bin zu müde, um Fragen zu stellen. Körper stoßen zusammen. Nackte Physik. Als wir schwer atmend nebeneinander liegen, drehe ich das Gesicht zur Seite. Auf der anderen Seite des Hofs brennt ein Licht. Wir reden kaum. Ich halte Nikoletts Stimme kaum aus.

Am Morgen schleiche ich gleich ins Bad. Die Frau, in deren schlafendes Gesicht ich geblickt habe, ist mir vollkommen fremd. Ich dusche, bis ich vor Dampf nichts mehr sehen kann, trockne mich ab, höre ein Geräusch aus dem Schlafzimmer. Die Tür steht einen Spaltbreit offen. Ich spähe ins Zimmer und sehe Nikolett, die in ihren Kleidern wühlt. Sie legt sie wieder hin. Offenbar sucht sie etwas.

Meine Kleider! Es sind meine Kleider!

Sie blickt sich um, streckt sich, fühlt sich unbeobachtet. Ich stoße mit der Hand gegen die Tür.

»Anatol!«

Nikolett erschrickt und hält sich die Hände vor die Brüste, lächelt gequält. Ich schäme mich. Für sie, für mich. Das alles ist derart ernüchternd, dass ich Nikolett nicht einmal konfrontieren mag. Nichts in diesem Raum ist von Wert.

»Ich muss gleich los, Anatol …«

Ich gehe ins Bad zurück und warte, bis sie die Tür zugezogen hat, höre zu, wie sich ihre Schritte entfernen, und setze mich aufs Bett. Es schmerzt im Schritt, im Kopf, überall, diese Nacht vergessen, für immer. Als ich die Wohnung verlassen will, wird mir klar, was sie gesucht hat.

Das Handy. Der Film.

Castro!

Das alles ergibt aber keinen richtigen Sinn. Wenn es ihn wirklich nicht interessiert, wer das Land regiert, wozu dann der ganze Aufwand? Warum lässt er unsere Freundschaft über die Klinge springen, an der er, wenn ich mich nicht täusche, auf seine Weise zu hängen scheint? Gestern ist er nach unserem Abschied eine Weile hinter mir hergefahren. Ich wollte mich nicht von ihm nach Hause bringen lassen, was er mir trotz unseres Streits angeboten hatte. Ich hatte dies für ein Zeichen der Versöhnlichkeit nach einem schwierigen Abend gehalten. Er wollte sicher sein, dass ich später zu Hause sein würde.

Ich gehe ins Zappa und bestelle mir Frühstück.

»Alles okay mit dir?«, fragt der Kellner.

Warum, Castro?

Ohne Handy kann ich ihn nicht mehr erreichen. Allenfalls noch über seine Consultingfirma. Falls es die überhaupt noch gibt. Was für ein krankes Spiel ist das, und wer glaubst du, wer *du* bist? Ich muss ihn sprechen!

Der Kellner lässt mich an seinen Computer. Zum Glück habe ich immer großzügig Trinkgeld gegeben. Castros Firma gibt es noch, und der Kellner leiht mir zögernd auch sein Handy. Den Zorn jetzt nutzen.

Eine Frau hebt ab und bittet mich, einen Moment zu warten. Herr Melles sei außer Haus. Er werde aber rasch zurückrufen.

»Bitte bei dieser Nummer und in der nächsten Viertelstunde!«

Ich starre auf das Handy. Bald surrt es tatsächlich. Ich drücke auf den grünen Knopf und warte.

»Anatol?«

Ich atme ein und wieder aus.

»Anatol?«

»Hast du mir etwas zu sagen, Csaba?«

Eine Geruchswolke zieht aus der Küche zu mir herüber. Verbranntes Fett. Mir ist schlecht. Je länger Castro schweigt, desto übler wird mir.

»Du hast sie bezahlt, Csaba.«

All you Zombies – hide your faces! Unser Lachen hallte durch die Halle, und Kerstin tat, als sei sie völlig betrunken.

»Du solltest mich besser kennen, Anatol!«

»Warum hast du sie geschickt? Warum ist der Film für dich wichtig?«

»Du bist mein Freund. Aber du verhältst dich nicht wie ein Freund!«

»Wenn dich Politik doch nicht interessiert …!«, schreie ich ins Telefon.

Die Angst, die in mir hochgekrochen ist, ist für einen

Moment weg. Der Kellner schaut zu mir herüber und schüttelt den Kopf.

»Du musst das Land denen überlassen, denen es gehört, Anatol«, sagt Castro ruhig. »Ich sage dir das jetzt ein letztes Mal.«

»Willst du mir sagen, dass die Dinge bleiben sollen, wie sie sind?«

Ich höre mich an wie Tobias.

»Ich warne dich, Anatol.«

»Ich könnte zur BBC gehen. Oder zur deutschen Presse.«

»Das würde ich an deiner Stelle …«

Er stockt auf einmal.

»Du hast eine Kopie!«, sagt er ruhig.

»Nein!«, erwidere ich rasch. Zu rasch.

»Sonst würdest du nicht so reden, Anatol. Lüg mich nicht an!«

»Drohst du mir schon wieder?«

Ich höre ihn atmen.

»Warte bis morgen«, sagt er schließlich, »bevor du etwas Weiteres unternimmst. Schau dir deine Post genau an.«

»Die Post …?«

Ich wiederhole die Frage. Castro hat aufgelegt. Ich notiere mir die Nummer auf dem Display und bezahle. Statt der üblichen zweitausend Forint lege ich versehentlich zweihundert Euro auf den Tisch. Der Kellner steckt mir die Scheine ins Jackett und klopft mir auf die Schulter.

»In Ordnung für heute.«

Ich kann in diesem Zustand nicht unterrichten. Unmöglich. Ich muss bei der Akademie vorbeigehen, die Stunden bei Almássys Assistentin absagen. Zuerst muss ich mir aber am Blaha-Luiza-Platz ein neues Handy kaufen.

»Kommen Sie kurz zum Kanzler«, sagt die Assistentin, als ich ihr Büro betrete.

»Ginge es morgen? Ich fühle mich nicht …«

»Es dauert nicht lange, Herr Doktor Barnsteiner. Der Kanzler will Ihnen etwas geben.«

Sie schiebt mich in Almássys Büro.

»Ein Brief vom Staatssekretariat für Wissenschaft!«, sagt er und erhebt sich, als er mich sieht. »Ich wollte ihn Ihnen persönlich geben.«

Vom Staatssekretariat? Werde ich aus dem Verkehr gezogen, schon jetzt?

»Wollen Sie ihn öffnen?«

Ich schüttle den Kopf und stopfe den Brief in die Tasche.

»Lieber zu Hause, wenn Sie erlauben. Ich fühle mich nicht gut.«

»Es stünden Gläser bereit!«

»Ich hoffe, wir holen das bald nach, Herr Almássy! Falls es denn Grund zum Feiern gibt …«

»Es wird alles gut, Bernsteiner.«

Er zuckt bedauernd mit den Schultern.

Zu Hause finde ich in der Mailbox eine Nachricht von Sophie. Sie werde Ungarn heute Abend verlassen. Sie habe mich zu erreichen versucht, leider vergeblich, sie hätte gerne noch einen Kaffee mit mir getrunken. Wir seien ja auch zusammen gekommen.

Ich mag jetzt nicht über sie nachdenken.

Warum hat mir Castro erneut gedroht? Warum saß er mitten in der Nacht vor meiner Wohnung?

★

Im Briefkasten liegt ein von Hand beschrifteter Umschlag. Ich schlitze ihn vorsichtig auf und ziehe den Inhalt heraus. Ich halte die obere Hälfte eines großformatigen Fotos in den Händen, das in der Mitte durchgerissen wurde. Das rosarote, aufgedunsene Gesicht eines Mannes zwischen den Brüsten einer Frau. Im Vordergrund verschwommen eine grobe Hand. Die Stirn glänzt. Niemand, der dieses Foto sieht, wird diesen widerlichen Kerl je wieder vergessen. Jemand muss hinter der Kleiderstange gestanden haben! Vielleicht die ganze Zeit über. Der Boden hat mehrmals geknarrt, doch ich habe mir nichts dabei gedacht. Einen Moment lang kam mir merkwürdig vor, dass Nikolett den Hut unbedingt aufbehalten wollte. Sie hat sich immer wieder nach hinten gelehnt, den Kopf in den Nacken gelegt, mit den Händen mein Gesicht an sich gezogen. Der Hut sollte ihres verdecken.

Ich starre auf das Foto, während der Lift hochfährt. Nasenpartie, Augen und Mund sind erschreckend scharf. Die Lider sind halb geschlossen. Das Gesicht wirkt dumpf und gierig, feist. Als ich den Rundbalkon betrete, kommt mir die Nachbarin entgegen. Sie erhascht einen Blick auf das Foto, lächelt und geht weiter. Egal. Die untere Hälfte mag ich mir gar nicht vorstellen. Bestimmt sind darauf die Pfeilkreuzler-Armbinden.

»Warum tust du das, Castro?«, schreibe ich an die Nummer von gestern.

»Die Kopien, Anatol«, antwortet er umgehend, »und zwar alle. Du hörst von mir!«

Alle zwei Stunden geht am Ostbahnhof ein Zug. Ich wäre in einer Viertelstunde da und für immer weg. Unsere Wege würden sich nie wieder kreuzen. Was aber würde mich zu Hause erwarten? Außer den Fragen über eine vertane Vergangenheit und eine bedrohliche Zukunft? Hier ist, was ich habe, alles, was ich habe. Die Stunden mit Miklós, die paar mit Anne, die Lektionen mit den Studenten an der Akademie. Ein Kanzler, der mich behalten will. »Sie passen zu uns, Bernsteiner.« Er sagt es im Scherz. Und meint es ernst.

Ich klaube den Brief aus der Tasche. Er ist zerknittert. Auf der Vorderseite sind bereits Fettflecken. Ich streiche ihn an der Tischkante glatt, edles Papier, Briefkopf des Staatssekretärs, Doppelkreuz in Farbe. Ein würdiges Ende des Hochstaplers Doktor Anatol Barnsteiner. Ich muss für einen Moment lächeln. Nicht jedem Hochstapler wird die Entlarvung auf geripptem Papier mitgeteilt.

»Wissenschaftliche Titel von dr. Anatol Barnsteiner«, lautet die Betreffzeile.

Ein Jahr lang durfte ich den Dozenten spielen. Keine vertane Zeit, im Gegenteil, vielleicht meine beste überhaupt.

»Ich freue mich«, schreibt ein Doktor Erdös im Namen des Staatssekretärs, »Ihnen mitteilen zu dürfen, dass dem Antrag der Ungarischen Akademie für Diplomatie auf Anerkennung Ihres im Ausland erworbenen Titels stattgegeben wurde.«

Was hat Almássy dem Staatssekretariat geschrieben? Welcher Titel?

In den Augenwinkeln sehe ich das Foto auf dem Tisch. Diesen fürchterlichen Kerl. Ich drehe es um.

»Die Kommission«, lese ich weiter, »hat in Anwendung des Staatsvertrags vom 22. August 1972 zwischen der Volksrepublik Ungarn und der Union der sozialistischen Sowjetrepubliken über die gegenseitige Anerkennung wissenschaftlicher Titel entschieden, Ihren in Litauen erworbenen Titel eines Gastprofessors anzuerkennen.«

Was hat Almássy verlangt? Ein Upgrade, um einem Downgrade zuvorzukommen? Zuzutrauen wäre es ihm.

»Das Abkommen ist nach dem Günstigkeitsprinzip auszulegen, zum Vorteil des Titelinhabers«, schreibt Doktor Erdös im letzten Absatz. »Weil das ungarische Recht den Titel eines Gastprofessors nicht kennt, ist dr. Anatol Barnsteiner fortan berechtigt, den Titel eines Universitätsprofessors zu führen.«

Ich lege den Brief neben das Foto, drehe es wieder um. Das Gesicht blickt in Richtung geripptes Papier.

Ich muss laut lachen.

★

Auch ein prekäres Gleichgewicht ist ein Gleichgewicht. Ich mache einfach weiter. Stunde für Stunde und Tag für Tag, abends um neun sitze ich im Central. Béla bringt mir das Essen und ein Glas Wein. Szekszárd mittlerweile,

nicht mehr Stierblut, nichts bleibt, wie es ist. Castro hat
sich nicht mehr gemeldet. Seit der Wahl sind bereits fünf
Tage vergangen. Ich versuche, möglichst wenig an ihn zu
denken. Die Zukunft überlasse ich der Zukunft.

Jetzt sitze ich in meinem Büro und bereite die Lektion
für den späten Vormittag vor. Anne kommt am Nachmittag aus Deutschland zurück. Sie hat mir geschrieben. Sie
war für ein paar Tage mit Manu und Ava bei deren Vater,
die Kinder bleiben eine weitere Woche bei Timmermann
an der Nordsee. So kann sie hier in Budapest einige Dinge klären. Sie will sich nach der Landung melden.

Vor mir auf dem Tisch liegt der *Aufbruch* von heute
Früh. Auf der Titelseite sechs Männer und zwei Frauen,
alle sind für wichtige Posten in der Regierung vorgese-
hen. Der vierte in der ersten Reihe ist Horváth. Ein wet-
tergegerbtes Ministergesicht, intelligent, mit allen Was-
sern gewaschen. Der Ministerpräsident sollte sich in Acht
nehmen. Er hat Horváth im Wahlkampf als das rechts-
staatliche Gewissen Ungarns bezeichnet, internationaler
Starjurist, Chef einer der angesehensten Kanzleien Mit-
teleuropas, die perfekte Besetzung für das Justizministe-
rium. Selten war einer für ein Amt so qualifiziert.

Gestern war Horváth in den Hauptnachrichten. Jus-
tiz und Medien müssten dem Volk zurückgegeben werden, sagte er, die Kolonisierung der ungarischen Zeitungen durch ausländische Konzerne müsse ein Ende haben.
Er plant tiefgreifende Reformen. Kein Wort über Dillon & Dillon.

Nach dem Kurs treffe ich auf der Toilette Almássy.
Er steht breitbeinig am Urinal und gratuliert mir zum

dritten Mal zum Anerkennungsbescheid. »Das bringt der Akademie neunhundert Euro pro Monat ein, Bernsteiner!« Ich solle es aber für mich behalten. Die Akademie brauche das Geld, und zwar dringend.

»Neunhundert?«

Almássy nickt.

»Da kommt über die Jahre einiges zusammen …«

Miklós spricht von zweitausend Euro.

»Kommen Sie doch am Sonntag zu meiner Geburtstagsfeier nach Gödöllő, Bernsteiner! Es wäre mir ein Vergnügen.«

»Ich habe im Moment …«

»Machen Sie mir die Freude«, unterbricht er mich, »Sie bleiben uns ja nun länger erhalten. Es kommen nette und interessante Leute!«

Er zwinkert mir zu und eilt auf den Gang hinaus. Ich schaue in den Spiegel. Ich sehe den Mann auf dem Foto, der angestrengt zu lächeln versucht.

»Über die Wohnung«, höre ich Almássy plötzlich sagen, »können wir reden. Falls dies das Problem ist!«

Er steht auf einmal wieder hinter mir.

»Ist das Ihr Ernst?«

Er nickt.

»Man muss einander helfen, wenn's eng wird.«

Korrupt bis aufs Blut und so ein liebenswürdiger Kerl.

»Wir brauchen Leute wie Sie, Bernsteiner. Man kann sich auf Sie verlassen. Bis Sonntag!«

Auf dem Weg zu meinem Büro komme ich an Némeths vorbei. Die Tür steht sperrangelweit offen. Sonst ist sie immer geschlossen. Ich schaue vorsichtig hinein und sehe Németh, der sich mit aller Kraft gegen ein Regal stemmt.

»Kann ich helfen?«

Er atmet heftig. Sein Gesicht ist gerötet. Er hält inne, streicht sich den Pullover zurecht und lächelt verlegen.

»Das wäre nett. Das Regal muss neben den Schreibtisch.«

Das Regal ist schwer und der Boden uneben. Ich komme sofort auch ins Schwitzen. Nach ein paar Minuten haben wir es geschafft. Die Eisenfüße haben Kratzspuren auf dem Boden hinterlassen, die gut zu sehen sind. Németh fährt mit der Schuhsohle darüber, sie bleiben sichtbar.

»Mögen Sie etwas trinken, Herr Barnsteiner?«

Er schiebt mir einen Stuhl hin, öffnet den Schrank, geht wortlos aus dem Zimmer und kommt mit einer Flasche Mineralwasser und Gläsern zurück.

»Vielen Dank. Egészségedre!«

Németh betrachtet die Kratzspuren auf dem Boden und schweigt. Es ist ein versöhnliches Schweigen, ganz anders als bei unserer ersten Begegnung. Wir sitzen einfach da.

»Jahrelang bin ich jedes Mal aufgestanden, wenn ich ein Buch zur Hand nehmen wollte. Ich hätte das Regal früher verschieben sollen.«

Er fährt sich mit dem Taschentuch über die schweißnasse Stirn.

»Darf ich Sie etwas fragen, Herr Németh?«

Er nickt langsam.

»Ich würde Ihnen gerne etwas erzählen. Mich interessiert, was Sie davon denken.«

Seine müden Augen werden auf einmal lebendig.

»Seid ihr denn nicht hier, um uns die Dinge zu erklären …?«

In sein Lächeln mischt sich Spott.

»Ich verstehe dieses Land nicht. Sie könnten mir vielleicht dabei helfen.«

»So etwas höre ich selten von Leuten wie Ihnen.«

»Ich bin nicht die anderen, Herr Németh. Ich bin bloß ich.«

Er überlegt einen Moment und nickt.

»Sie haben recht. Vielleicht war ich mit Ihnen etwas streng.«

»Ja, vielleicht.«

»… aber das halten Sie aus, Herr Barnsteiner, oder etwa nicht?«

»Ich würde gerne über Dinge sprechen, die hier zur Zeit geschehen. Wichtige Dinge.«

»An der Akademie?«

»Nicht direkt. In Ungarn.«

»Sie machen mich neugierig.«

»Ich muss mich jemandem anvertrauen. Sie sind ein kluger Mann.«

Németh geht ans Fenster und schaut hinaus.

»Es scheint ja wichtig zu sein, wenn ich Sie so sprechen höre.«

»Das ist es, Herr Németh.«

Er dreht sich um schaut mich an.

»Wollen wir zusammen mittagessen gehen?«

»Gerne.«

Er nennt ein Lokal an der Wesselényi-Straße.

»Wir treffen uns da in einer halben Stunde.«

★

Ich bin an dem verlebten Eingang schon oft vorbeigegangen. Die graue Häuserzeile gefällt mir nicht besonders. Niemals hätte ich hinter der schmucklosen Tür, die keine Klinke hat, ein Restaurant vermutet. Eine Klingel suche ich vergebens. Auf mein Klopfen öffnet ein bärtiger Mann, der mich über einen langen, mit Postkarten und Fotografien tapezierten Gang in einen spärlich beleuchteten Speisesaal führt. Németh sitzt am Tisch in der hinteren Ecke.

»Schauen Sie sich um. Hier kommt nicht jeder hin.«

In die braunen Wände sind Namen und Daten geritzt. Tausende, vielleicht Zehntausende.

»Was bedeuten die Namen? Geliebte?«

Németh lächelt.

»Das sind die, die nicht mehr da sind.«

Ich schaue ihn fragend an.

»Gestorben, verschollen, geflüchtet. So etwas kommt vor.«

»Nicht aktuelle …?«

Németh schüttelt den Kopf.

»In diesem Lokal liebt man rückwärts. Ein wenig verrückt, wie das Leben.«

»Ich verstehe …«

»Wirklich?«

Er wiegt den Kopf.

»Kommen Sie oft hierher?«

»Mein Vater hat hier gearbeitet. In den Jahren nach dem Krieg. Als die ersten Namen in die Wände gekratzt wurden. Der Krieg hat in diesem Viertel besonders tiefe Wunden geschlagen, haben Sie die Postkarten im Gang gesehen? Strandgut einer Vergangenheit mit vielen Tränen … Hier bringen sie es hin.«

»Danke, Herr Németh. Dass Sie mir dies zeigen.«

Wir wenden uns der Speisekarte zu.

»Darf ich für Sie bestellen?«

»Gerne.«

Németh hält die Hand die Höhe. Der Kellner sieht uns nicht.

»In diesem Land lernt man zu warten. Sie werden es auch noch lernen, wenn Sie länger hier sind.«

Er lächelt flüchtig.

»Unsere Bekanntschaft verlief zu Beginn etwas harzig, Herr Németh.«

»Habe ich Sie verunsichert?«

»Sie sind mir nicht gerade um den Hals gefallen.«

Er lacht und hebt das Glas.

»Hätte ich das tun sollen? Auf Sie! Wie kann ich Ihnen helfen?«

Während ich erzähle, fixiert er mich. Von Zeit zu Zeit schließt er die Augen. Als ich geendet habe, schaut er mich lange an.

»Wo wollen wir beginnen …«, seufzt er schließlich. »Aber sagen Sie mir zunächst, wer genau ist dieser Castro?«

Ich erzähle von Canterbury, unserem Wiedersehen, unseren Ausflügen. Németh legt die Stirn in Falten.

»Warum war Castro damals in England?«

»Er war in den Sommermonaten immer in Westeuropa. Italien, Deutschland, England. Man brauche in Ungarn junge Leute mit guten Sprachenkenntnissen, sagte er.«

»Den ganzen Sommer über? Gleich mehrere Monate?«

»Sein Englisch war ausgezeichnet. So gut konnte er es zu Hause kaum lernen. Und er spricht auch sehr gut Deutsch.«

Németh zieht die Augenbrauen hoch.

»Wir durften damals mehr reisen als die Ostdeutschen und die Polen, das stimmt. Aber bestimmt nicht für mehrere Monate zum Klassenfeind ins Ausland! Das hätte auch niemand bezahlen können.«

»In jenem Sommer war er zwei Monate in England. Das weiß ich ganz sicher. Danach ging er noch für eine Weile nach Deutschland.«

Németh schüttelt den Kopf.

»Ein Monat ist möglich. Mehr nicht.«

»Sie kennen Castro nicht, Herr Németh.«

»Wie heißt Ihr Castro eigentlich richtig?«

»Für uns hieß er nur Castro. Er hatte den gleichen Bart, fast …«

»Und richtig?«

»Er hieß Melles, Csaba Melles. So heißt er noch immer.«

Németh blickt überrascht.

»Csaba Melles?«

»Ja, Csaba Melles.«

Er schüttelt den Kopf.

»Wissen Sie denn, wer Melles war?«

»Nein.«

»Sie haben den Namen noch nie gehört?«

Ich verneine erneut.

»Haben Sie sich nie gefragt, warum ein jugendlicher Ungar ganze Sommer in Westeuropa verbringen kann?«

»Ungarn war das offenste Land des Ostens. Hieß es bei uns damals.«

Wieder schüttelt er den Kopf.

»Ihr Castro durfte, was für normale Ungarn völlig undenkbar war. Dafür brauchte er Geld. Das er offensichtlich auch besaß.«

»Wie ist das möglich?«

Ich spüre mein Handy in der Jackentasche vibrieren. Németh hört das Surren auch. Er nickt verständnisvoll.

»Ich erwarte einen wichtigen Anruf einer Freundin. Bitte entschuldigen Sie mich einen Moment.«

Ich krame das Handy hervor. Castro!

Ich kann jetzt nicht sprechen, stecke das Handy wieder ein. Kurz darauf kommt eine SMS von ihm, ich solle ihn sofort zurückrufen.

»Sie schauen so ernst, Herr Barnsteiner. Verpassen Sie wegen mir etwas Wichtiges?«

»Nein … ich bin jetzt wieder ganz bei Ihnen.«

Er schaut mich an und wartet, bis es so ist.

»Drei drei – sagt Ihnen das etwas?«

Ich zucke mit den Schultern.

»In römischen Zahlen, III/III?«

Ich schüttle erneut den Kopf. Németh schaut mich an, als könne er mein Unwissen nur schwer fassen.

»Ich erkläre es Ihnen gleich. Aber verraten Sie mir vorweg noch, ob Sie nur wegen Ihrer Freundin nach Ungarn gekommen sind.«

»Im Grunde schon. Sie wurde von ihrer Kanzlei nach Budapest geschickt, und ich bin mitgegangen. Vielleicht bin ich ein wenig vor meinem Leben zu Hause geflohen. Das könnte schon sein …«

Er lächelt.

»Und Sie erhielten hier gleich eine Stelle an der Akademie?«

»Horváth hat sie beschafft.«

»Derselbe Horváth, nehme ich an, den Sie ans Messer liefern wollten …«

Némeths Lächeln hat nun etwas Triumphierendes.

»In gewisser Weise.«

Wir unterbrechen das Gespräch kurz, während der Kellner die Bestellung aufnimmt.

»Ich fand die Vorstellung reizvoll«, nehme ich es wieder auf, »ein paar Jahre in Ungarn zu verbringen. Ich wusste einiges über die Sechsundfünfziger-Revolution. Wir haben die Leute für ihren Mut damals bewundert.«

»Reizvoll …? Sie kamen als eine Art Geschichtstourist? In einen Zoo, in dem man sich ansehen kann, was die Gitterstäbe so mit den Tieren machen …?«

Er schüttelt ärgerlich den Kopf.

»Wie Sie das formulieren, Herr Németh …«

»Wissen Sie, Herr Barnsteiner, die Leute, die ihr bewundert habt, sind fast alle im Stalinismus hochgekommen. Wissen Sie, was das bedeutet?«

»Ich kann es mir vorstellen.«

»Können Sie das wirklich?«

Er schüttelt den Kopf.

»Die Bilder in euren Köpfen lügen. Von den jungen Frauen vor den Panzern, den entschlossenen Gesichtern ...«

»Es tut mir leid, vielleicht war das etwas dumm von mir.«

»Die meisten sind so dumm und naiv, wie sie es sich eben leisten können. Dafür können Sie nichts.«

»Vielleicht ...«

»Vergessen wir's! Deswegen sind wir heute nicht hier.«

Er räuspert sich und macht wieder ein freundliches Gesicht.

»Jetzt zu III/III ... Die Zahlen stehen für »Abteilung III/III«. Eine Dienststelle im Innenministerium. Ihr berüchtigter Chef hieß Melles.«

Ich nicke.

»Merken Sie, worauf ich hinauswill?«

»Ich bin mir nicht sicher.«

»Jeder in Ungarn kannte den Namen Melles. Castro muss der Sohn des alten Melles sein. Es gibt nicht viele mit diesem Namen.«

»Was machte III/III?«

»III/III war ein Inlandsgeheimdienst, einer von mehr als einem halben Dutzend Diensten. Es gab einen richtigen Wildwuchs. III/III bekämpfte die sogenannten reaktionären Kräfte.«

Er schaut mich ernst an.

»Dissidenten, Unzuverlässige. III/III war der gefürchtetste von allen Diensten.«

Hat III/III ihn ins Gefängnis gesteckt?

»Melles hatte den Spitznamen Schildkröte. Weil er jede Rochade überlebte, über Jahrzehnte hinweg. Er wurde im Amt alt.«

Wieder macht er eine Pause.

»Hat er viele ins Gefängnis gebracht?«

»Mich nicht, falls Sie sich das gerade fragen.«

Er lächelt.

»Weswegen war Melles berüchtigt?«

»Er war schon in jungen Jahren ziemlich bekannt in Ungarn. Er gehörte zu einer kleinen Gruppe aufstrebender Parteifunktionäre, die nach dem Krieg in Moskau ausgebildet worden waren. Er hatte das richtige Alter. In den frühen Fünfzigerjahren galt er als Kader der Zukunft. Leute wie er knüpften früh wichtige Kontakte und hatten später Verbindungen zum Umfeld von Breschnew, als dieser Generalsekretär der KPdSU wurde. Melles stieg auf. Er war außerordentlich intelligent und galt bald als unantastbar. Unter Kádár wurde er immer mehr zum Hardliner.«

»Sein Sohn durfte ins Ausland, weil Melles Parteikader war?«

»Melles war ein strammer Parteisoldat. Diese Leute hatten etwas zu verlieren. Sie wohnten in den schönsten Häusern, hatten Privilegien, Geld. Da musste man sich keine Sorgen machen, dass ihre Kinder nicht zurückkommen würden.«

Er macht eine Pause.

»Melles blieb auch nach 1989 ein mächtiger Mann«, fährt er dann fort.

»Wie war das möglich?«

Er lächelt.

»Wissen Sie, die Gegenwart ist in diesem Land über unzählige Fäden mit der Vergangenheit verbunden. Die meisten sind unsichtbar. Wenn Sie von ihnen nichts wissen, können Sie das Land nicht verstehen.«

Er klingt wie Castro. Obwohl sie gegensätzlicher nicht sein könnten.

»Darf ich auf die Frage zurückkommen, die mich beschäftigt, Herr Németh?«

Er nickt.

»Warum hat der *Aufbruch* den Artikel nicht rechtzeitig publiziert? Er hätte den Regierungswechsel hin zur Nationalpartei vielleicht verhindern können. Er hat offensichtlich gegen die eigenen Interessen gehandelt und zwei Tage zu spät eine lächerliche Notiz gebracht.«

»Wissen Sie denn, wem der *Aufbruch* gehört?«

★

»Sagt Ihnen der Name Szokoly etwas? Gabor Szokoly?«

»Nein.«

»Szokoly ist der Eigentümer des *Aufbruch*. Ein Artikel nach Ihrer Vorstellung hätte ihn wegen seiner eigenen Vergangenheit mitgerissen. Sie ist in Ungarn ein offenes Geheimnis.«

»Der *Aufbruch* konnte den Artikel wegen seines Eigentümers nicht publizieren?«

»Natürlich wollen Leute wie Szokoly keinen Wechsel. Aber es gibt Dinge, die sie einfach nicht drucken können.«

»Ich verstehe kein Wort.«

Németh räuspert sich und überlegt einen Moment.

»Der junge Szokoly war wie fast alle derzeit Mächtigen früh in der Partei. Seine Karriere begann in den späten Siebzigern. Er war der Chef der Jungsozialisten. Auch ihm sagten viele eine große Zukunft voraus. Vielleicht eines Tages Minister oder gar Generalsekretär der Partei. Jedenfalls war er wie Melles früh nah am Zentrum der Macht, und nach dem Fall des Eisernen Vorhangs wurde er ein Wendegewinner.«

Németh nimmt einen kräftigen Schluck.

»Szokoly ist durch die Privatisierung von Parteivermögen reich geworden. Mit diesem Geld finanziert er bis heute den *Aufbruch*, den er im richtigen Moment günstig kaufen konnte. Früher war die Zeitung ein tristes Blatt.«

»Sie sagen im Grunde, dass Szokoly nicht über Korruption schreiben darf, weil er sich selbst bereichert hat?«

»Korrupt … ach, wissen Sie … das ist so ein Wort. Für Leute wie Sie hat es eine ganz klare Bedeutung. Hier läuft es anders, komplizierter, aber nicht unbedingt falscher.«

Ich wage nicht, darauf etwas zu entgegnen. Ich warte.

»Szokoly hat sein Vermögen auf besonders schamlose Weise gemacht. Als seine Geschichte bekannt wurde, hatten jedoch allzu viele Leute ein Interesse daran, dass die Dinge blieben, wie sie waren.«

»Welche Geschichte?«

»Die Kommunisten haben zu Beginn der Neunzigerjahre Parteigrundstücke zu Spottpreisen verkauft. An Parteigrößen und ihnen Nahestehende wie Szokoly. Ihre Macht zerfiel damals rasch. Alles musste blitzschnell gehen. Geschäftstüchtige wie Szokoly haben innerhalb weniger Wochen bis zu einem Dutzend Liegenschaften erworben, für jeweils ein paar Tausend Forint. Viele dieser Grundstücke liegen in Budapest und am Plattensee und wurden später zu Goldgruben. Viele sind heute an reiche Ausländer vermietet. Szokoly ist wenig beliebt. Mit dem *Aufbruch* versucht er, dies ein wenig wettzumachen.«

»Er kann sich keine neuen Feinde leisten?«

»Vermutlich hat er Ihre Geschichte höchstpersönlich zurückgehalten. Borsody wird sie ihm nach dem Gespräch mit Ihnen vorgelegt haben. Der *Aufbruch* schreibt zwar gegen die Nationalpartei, aber nur über die alltäglichen Dinge. Über Streit in der Partei oder über Einbürgerungspläne für die Ungarn in Rumänien und in der Slowakei. Szokoly weiß genau, wie weit er gehen kann. Er ist nicht dumm. Die Leute hier sind generell nicht dumm, Herr Barnsteiner.«

Er schaut mich ernst an.

»Aber was ist mit Castro? Warum interessiert ihn das Ganze überhaupt?«

»Unsichtbare Fäden.«

»Nichts ist, wie es scheint?«

»So weit würde ich nicht gehen … Aber wenig.«

»Der alte Melles dürfte aber kaum noch seine Hände im Spiel haben?«

Er schüttelt den Kopf.

»Wenn Sie in Ungarn aufgewachsen wären, wüssten Sie, dass er tot ist. Wie die Ostdeutschen wissen, dass Erich Mielke nicht mehr lebt. Darf ich ein wenig phantasieren?«

»Bitte.«

»Ich schätze, Ihr Freund hat ziemlich viel Geld. Er fährt teure Autos, kennt eine Menge interessanter Leute und macht gute Geschäfte.«

»Er fährt einen Saab, Herr Németh. Der Rest stimmt. Er ist an kleinen Läden, Restaurants und Firmen im ganzen Land beteiligt.«

›Business‹. Mit hartem s.

»Woher hat er das Geld?«

»Ich habe nie Fragen gestellt.«

»Nun ja, die Dinge haben meist einen Grund.«

Er schaut mich leicht tadelnd an.

»Ihr Castro dürfte etwas besitzen, das ihm all dies ermöglicht. Das er ihnen gegenüber aber niemals erwähnen würde …«

»Was denn?«

Németh zögert einen Moment.

»Ein Archiv … das Archiv der Schildkröte. Vermutlich.«

»Ein Archiv? Akten von III/III?«

»Ich gehe davon aus.«

»Sie wollen sagen, dass Castro Leute erpresst?«

Németh lächelt.

»Erpressung … er würde es anders nennen. Er würde sagen, er skizziere Optionen. Ihr Castro dürfte gegen viele etwas in der Hand haben, das sie erledigen würde, beruflich oder familiär.«

Ich war sein Beifahrer. Ich habe nie Fragen gestellt, weil Castro für mich bleiben sollte, wer er war. Wie ich Sophies Beifahrer war und nie Fragen gestellt habe.

»Warum hat er diese Akten?«

»Nach der Wende war die Hälfte aller Geheimdienstakten auf einmal verschwunden. In diesen Akten steht, wer wen ausgehorcht und ans Messer geliefert hat. Wer mit wem geschlafen hat und wie oft.«

Er macht eine Pause.

»Es gab in vielen Familien Spitzel und Bespitzelte zugleich. In allen Varianten. Sie haben unter demselben Dach gelebt, sie haben einander vertraut, es ist himmeltraurig. Im Untergrund ist dies alles noch da. Es sitzt den Menschen in den Knochen. Wir wissen selbst nicht, was wir wollen … Wir wollen wissen, wie die Dinge waren, und sie gleichzeitig für immer vergessen. Wie funktioniert Politik unter solchen Bedingungen, Herr Barnsteiner?«

Er schweigt eine Weile.

»Warum wurden die Akten nicht vernichtet oder wissenschaftlich ausgewertet?«

»Das hat mit dem Ende des Kommunismus in Ungarn zu tun. Es war speziell. Hier ist alles etwas anders abgelaufen.«

»Meint man in Ungarn nicht immer, hier sei alles etwas anders …«

Er schaut mich an und scheint zu überlegen.

»Vielleicht haben sie da ein Stück weit recht … In diesem Fall aber war es hier wirklich anders. Ab den frühen Achtzigern waren es nämlich hier die Sozialisten selbst, die die Wende durch sanfte Erleichterungen vorbereiteten. Ein bisschen Freiheit hier, ein paar zugedrückte Augen da. Gerade so viel, dass die Sowjets es noch schluckten. Viele der Altkommunisten blieben nach 1989 an der Macht. Sie sahen sich keineswegs als die Leute von gestern, sondern vielmehr als die Zukunft des Landes. Sie hatten die Sowjets abgeschüttelt, sagten sie. Niemand aber hatte weniger Interesse daran als genau diese Leute, dass man die Vergangenheit ans Licht zerrte. Vor allem die Älteren nicht. Die Akten wurden zu ihren Lebensversicherungen. Und zu einer Einnahmequelle.«

»Sie machten die Akten zu Geld?«

»Andeutungen reichen oft, um Menschen gefügig zu machen: Schade, dass dein Onkel damals auf den Bau musste, er war doch künstlerisch begabt. Brauchst du einen Teilhaber für dein Restaurant? Schlaue Leute wie Melles haben sich früh die besten Karten für die neue Zeit gesichert. Ihr Castro fährt wohl noch immer die Ernte ein.«

»Muss ich Angst haben, Herr Németh?«

Er wiegt den Kopf.

»Wir sind hier nicht in Russland.«

»Seien Sie ehrlich, bitte.«

»Um Ihr Leben müssen Sie nicht fürchten, Herr Barnsteiner. Ihr Castro will nur Geschäfte machen. Solange es noch geht. Aber wenn Sie sich mit diesen Leuten anlegen, werden die sich mit ihren Mitteln wehren.«

»Hat man Sie auch zu erpressen versucht?«

Er schüttelt den Kopf.

»Ich war einmal erpressbar. Lange her. Später habe ich alles getan, um es nicht noch einmal zu werden. Mit Ihrer sauberen Haut werden Sie sich dies aber kaum vorstellen können.«

»Sauberen Haut?«

»Denken Sie einmal darüber nach. Ich habe als Zwanzigjähriger einen Bericht über meinen Onkel geschrieben, der mir Schwimmen und Fahrradfahren beigebracht hat. Er wollte 1956 weg, schaffte es aber nicht und wurde achtzig Meter vor der Grenze aufgegriffen. Ich wollte Geschichte studieren und hatte Angst, sie würden mich auf den Bau schicken.«

Németh sieht mich lange an. Ich versuche, den Blick nicht abzuwenden, aber seine Geschichte wiegt zu schwer.

»Ich habe harmlose Dinge berichtet. Dass mein Onkel über die Partei und die Leute gelacht hat, die vor lauter Gehorsam einen Buckel bekommen hätten. Wegen mir musste er ins Gefängnis. Er hat nie wieder mit mir gesprochen.«

Némeths Stimme ist leise geworden.

»Gab es nicht auch Anwerbungsversuche, die scheiterten? Verzeihen Sie mir die Frage …«

»Nicht allzu viele. Schon in Ordnung. Ich war ein durchschnittlicher Mann.«

Németh bestellt sich ein zweites Glas Wein.

»Haben Sie noch fünf Minuten, Herr Barnsteiner?«

»Natürlich.«

»Zum Stichwort Castro fällt mir nämlich noch etwas ein.«

»Zum jungen Melles?«

Er schüttelt den Kopf.

»Zum richtigen Castro.«

»Auch mein Castro ist real …«

Németh lächelt.

»Als Fidel Batista in den späten Fünfzigerjahren stürzen wollte, versteckte er sich in den kubanischen Bergen. Dort sprach er einmal mit amerikanischen Journalisten.«

Er macht eine Pause.

»Sie kennen die Geschichte, Herr Barnsteiner?«

Ich schüttle den Kopf.

»Castro gab also ein Interview. Er sprach über seine Pläne für das befreite Kuba, über Schulen, Spitäler, Landwirtschaft. Zuvor hatte er einen Mitstreiter angewiesen, in das Gespräch hineinzuplatzen und zu melden, Castros zweite Kompanie sei gerade vorgerückt. Die Journalisten waren beeindruckt und berichteten nur über den Vormarsch.«

»Und?«

»Batista rechnete wegen der Berichte mit blutigen Kämpfen. Viele seiner Anhänger bekamen Angst und liefen zu Castro über. Und der gewann am Ende.«

»Das ist interessant, aber warum erzählen Sie mir die Geschichte?«

»Weil Ungarn auch so funktioniert.«

»Inwiefern?«

»Es kommt darauf an, was die Leute denken. Was sie glauben.«

Ich schaue ihn fragend an.

»Es gab keine zweite Kompanie, Herr Barnsteiner. Auch Ihr Castro weiß sehr genau, wie Meldungen über zweite Kompanien funktionieren. Was in dem Archiv wirklich steht, weiß wohl nur er.«

»Es kommt gar nicht darauf an, wie die Dinge wirklich sind und waren?«

Er wiegt wieder den Kopf.

»Diese Leute wissen, wie man Menschen gefügig macht. Das war die Königsdisziplin sozialistischer Funktionäre. Eine Art Tradition im Hause Melles.«

Auch mich hat er in gewisser Weise gefügig gemacht.

»Haben denn so viele etwas zu verbergen?«

»Haben Sie nichts zu verbergen, Herr Barnsteiner?«

Németh lächelt.

Beim Abschied zehn Minuten später, draußen auf der Straße, macht er auf einmal unvermittelt einen Schritt zurück. Als sei er mir oder ich ihm zu nahe gekommen. Er schaut mir noch einmal in die Augen, dreht sich um und geht.

★

Dieses Mal hing ein grauer Umschlag an der Wohnungstür. Ich habe ihn schon von Weitem gesehen, als ich den Rundbalkon betrat. Castro war schon wieder hier gewesen. Ich habe ihn heruntergerissen, ihn in hundert Schnipsel zerrissen, sie in den Hof geworfen und ihnen einen Moment lang hinterhergeschaut. Ein Hund hat gebellt. Ich habe die Wohnung aufgeschlossen. Als ich das Handy auf den Küchentisch gelegt habe, surrte es.

Castro.

»Ja?«

»Hast du das Foto gesehen, mein Freund?«

Seine Stimme klang tief und ruhig und drohend.

»Was willst du?«

»Die Kopien, Anatol. Das weißt du genau.«

»Es gibt keine.«

Meine Antwort kam wieder zu rasch.

»Du bringst sie mir heute Abend. In mein Haus in Balatonfüred.«

Castro war mir turmhoch überlegen in solchen Dingen. Es war zwecklos.

»Bis Mitternacht hast du Zeit. Wenn ich die Kopien habe, ist die Angelegenheit aus der Welt. Oder möchtest du, dass der erste Treffer bei Google, wenn man deinen Namen eingibt, dieses Foto wird? Anatol, der Pfeilkreuzler. Der nackte Nazi … für den Rest deines Lebens? Es liegt bei dir.«

Im Hintergrund hörte ich jemanden flüstern. Eine Männerstimme.

»Du kannst mein Freund bleiben, Anatol. Du kannst gerne bei mir übernachten.«

Optionen skizzieren, zweite Kompanien, die Villa Nikolett – all das war Castro. Ich hatte es immer gespürt, im Grunde, und doch war ich es gewesen, der wieder die Nähe zu ihm gesucht hatte. Es war nicht einfach so geschehen, ich hatte gewählt. Castro nannte mir die Adresse am Balaton. Ich kritzelte sie auf den Rand einer Zeitung.

»Du musst schauen, dass du die richtigen Freunde hast, Anatol«, sagte er ruhig. »Dieses Foto sollte nicht in falsche Hände geraten. Als dein Freund kümmere ich mich darum, dass dies nicht geschieht.«

Ich habe Anne angerufen und sie gebeten, in zwei Stunden mit dem Stick in die Bar des Astoria zu kommen. Mit dem Auto, wenn möglich, sie möge es mir für eine Nacht leihen. Sie war eben gelandet und noch auf dem Weg nach Hause.

»Du kannst es gerne haben«, sagte sie, »aber nur, wenn ich mitdarf.«

Jetzt streckt sie mir ihre kalten Hände entgegen. Sie ist außer Atem, setzt sich neben mich in einen Sessel und zieht die Kappe von ihrem Kopf.

»Gib mir einen Moment.«

Ihre Wangen sind gerötet. Sie schließt die Augen und lässt den Stick aus der Hand auf das Tischchen vor uns gleiten.

»Und jetzt erzählst du mir, warum es so eilt.«

Sie schaut mich besorgt an. Wir sind fast die einzigen Gäste in der Bar.

»Warum bist du gerannt, Anne?«

»Ich musste eine Viertelstunde im Freien warten, bis ich in die Tiefgarage konnte, Colin hat keinen Schlüssel mehr. Ich wollte rechtzeitig hier sein.«

»In welche Tiefgarage?«

Sie reibt sich die Hände.

»Um den Stick zu holen, musste ich in die Garage der Kanzlei.«

»Du hast ihn bei Dillon & Dillon versteckt?«

»Du hast mir gesagt, man dürfe ihn auf keinen Fall finden. Da dachte ich, er sei da am sichersten, wo ihn die Leute am allerwenigsten vermuteten, in der Kanzlei selbst.«

»Du hast mir nichts gesagt.«

Sie lächelt.

»Du weihst mich auch nicht in alles ein. Soweit ich sehe.«

Wir lachen beide.

»Wo genau hast du ihn versteckt?«

»Unter dem Reifenkasten. Ich habe ihn mit Klebeband daran befestigt. Dann musste ich nochmal warten, bis jemand rausfuhr.«

Ich stecke den Stick in die Hosentasche.

»Jetzt bist du dran, Anatol.«

»Ich will dir alles sagen, Anne. Unter anderem auch etwas ziemlich Peinliches.«

»Peinlich für dich?«

»Das kann man sagen.«

Sie schaut mich überrascht und amüsiert an, fährt mir mit der Hand über die Wange.

»Ich hoffe auf Unanständiges, Anatol. Ich möchte sehen, wie du dich windest …«

»Ich stecke im Morast, Anne.«

»Colin und Sophie im Korruptionssumpf und nun du im Morast?«

»Tiefer als du dir vorstellen kannst.«

»Ich habe Phantasie, Anatol.«

Während ich erzähle, spüre ich ihren Blick auf mir. Ich schaue sie von Zeit zu Zeit an. Aus den Augenwinkeln sehe ich sie manchmal den Kopf schütteln, manchmal nickt sie.

»Du dachtest, du wärst unwiderstehlich, Anatol!«, sagt sie, als ich es hinter mich gebracht habe. Sie schüttelt lächelnd den Kopf.

»Nein, natürlich nicht!«

»Doch, das dachtest du!«

»Vielleicht habe ich es gehofft …«

Sie lehnt sich zurück.

»Ich mag es, wenn du dich schämst.«

»Ich kann mir gerade Angenehmeres vorstellen.«

»Wir könnten die Schnipsel im Hof zusammen aufsammeln und an einem verregneten Sonntag wieder zusammensetzen.«

»Anne, bitte …«

»Dass du diesen Németh zum Reden gebracht hast, finde ich allerdings bemerkenswert.«

»Er hat mich ein ganzes Jahr lang auflaufen lassen.«

»Er hat wohl gemerkt, dass dir die Tapferkeit der Leute hier nicht entgangen ist. Und dass du sie magst.«

»Vielleicht.«

Sie schaut auf die Uhr.

»Wie lange dauert die Fahrt an den Balaton?«

»Zweieinhalb Stunden. Willst du wirklich mitkommen?«

Sie entschuldigt sich für einen Moment. Als sie zurückkommt, schlingt sie mir von hinten die Arme um den Hals.

»Können wir los? Oder wollen wir uns noch einmal das Zimmer oben ansehen?«

★

Auf der Autobahn beginnt es bald zu schneien. Anne hat darauf bestanden, selbst zu fahren, sie fährt vorsichtig. Ich habe mir vorgenommen, sie nicht abzulenken. Zunächst schweigen wir beide.

»Colin will rasch zurück«, sagt sie, als wir Martonvásár hinter uns gelassen haben, »und er bettelt darum, dass ich ihm verzeihe.«

»Und?«

Sie schaut kurz zu mir herüber und dann wieder auf die Straße.

»Es geht nicht um Vergebung, Anatol. Ich bin nicht wütend. Nicht mehr.«

»Sondern?«

Sie wiegt den Kopf.

»Ich denke oft daran, wie wir uns kennengelernt haben. Was ich damals gedacht habe.«

»Was denn?«

»Die Wahrheit ist, dass mir nicht einmal der Gedanke kam, wir könnten ein Paar werden. Er lebte auf einem anderen Planeten. *Hourly, due diligence, conference calls* … Seine ganze Sprache.«

Sie schweigt wieder eine Weile.

»Er hat mich verehrt. Er hat mitten in der Nacht gekocht, wenn ich spät heimkam, die Kinder abgeholt und sich um sie gekümmert, obwohl er selbst kaum Zeit hatte. Ich war nach der Trennung am Anschlag. Und wenn die Dinge einmal Fahrt aufnehmen …«

»Der Trennung von Timmermann?«

Sie nickt.

»Colin hat kein schlechtes Wort über ihn verloren. Ich dachte, er muss einen guten Charakter haben. Denn er hörte mich ständig über ihn jammern.«

»Die meisten hätten die Gelegenheit ergriffen und versucht, dich gegen ihn aufzuhetzen.«

»Colin kann die Leute nehmen, wie sie sind. Er ist nicht missgünstig. Das hat mir gefallen.«

Als der Schneefall heftiger wird, konzentriert sich Anne wieder aufs Fahren. Wir erreichen Balatonfüred gegen Viertel vor elf. Wir parken und suchen im Schneegestöber Castros Haus. Es liegt an der Uferpromenade. Eine renovierte Villa, in deren Garten ein schneebedeckter Betonmischer und weiteres Baugerät stehen. Im Erdgeschoss brennt hinter zugezogenen Vorhängen Licht.

»Hast du Angst?«, fragt Anne, als wir auf das Haus zugehen.

»Ich weiß nicht … ein wenig.«

Unsere Schatten gleiten langsam und dann schneller über die Fassade.

»Wir geben ihm, was er will. Dann siehst du ihn nie wieder.«

»Das ist beruhigend. Aber auch etwas traurig, Anne.«

Wir klingeln, es ist still. Ich muss an den Spaziergang mit Castro ans Meer denken, an die Landkarte, die er mir gezeigt hat. Die Tür wird ruckartig geöffnet. Er steht im Bademantel vor uns, mit nackten Füßen, reicht Anne die Hand, die sie zögerlich ergreift.

»Ich sehe, du hast Verstärkung mitgebracht.«

»Ich bin Anne.«

»Anne und Anatol …?«

Castro lacht.

»Wir gehen ins Wohnzimmer. Ich bin gleich bei euch.«

Er weist mit der Hand durch eine Schiebetür und verschwindet im Keller. Im Kamin brennt ein großes Feuer. An den Wänden hängen dunkle Ölbilder. Wir setzen uns auf die Couch.

»Ihr seid bestimmt durstig«, ruft Castro, »seid ihr auch hungrig?«

»Nein.«

Ich betrachte Anne von der Seite. Sie ist völlig ruhig. Mein Mund ist trocken, die Zunge klebt mir am Gaumen. Auf einmal steht Castro mit Gläsern und einer Flasche Wein in der Schiebetür.

»Da bin ich!«

Er rückt einen Sessel neben den Kamin, setzt sich und entkorkt die Flasche, schaut zuerst mich und dann Anne an, reicht uns unsere Gläser.

»Lasst uns auf eure Gesundheit trinken«, sagt er leise. »Zuerst müssen wir aber noch eine Kleinigkeit erledigen.«

Anne und ich schauen uns an.

»Die Kopien, mein Freund …«

Er streckt die Hand aus und schließt die Augen.

Anne nickt mir zu. Ich lege den Stick auf seine Handfläche, wie ein Schuljunge. In die Hand, die mir den Mund abgewischt hat. Sie schließt sich, und der Stick verschwindet in der Tasche des Morgenmantels. Castro lächelt.

»Du zitterst, Anatol. Wenn das alle Kopien sind, gibt es dafür keinen Grund.«

»Es sind alle.«

»Sicher?«

Ich nicke.

»Alle Kopien, Anatol?«

»Ganz sicher.«

Er nickt zufrieden, prostet Anne und dann mir zu.

»Du hast ein gutes Leben hier.«

Er betrachtet Anne und trinkt.

»Und endlich auch eine richtige Frau.«

»Und jetzt gibst du mir die Negative und Abzüge, Csaba!«

Castro lässt sein Glas sinken.

»Wenn du hier leben willst, brauchst du Freunde.«

»Die Negative …«

Er schwenkt sein Glas.

»Alles vernichtet. Alles gelöscht.«

»Csaba …«

Er zuckt mit den Schultern und lächelt.

»Wie soll ich beweisen, dass es etwas nicht gibt?«

»Du hast mich reingelegt.«

Er lacht und legt mir die Hand auf den Oberschenkel. Ich schiebe sie weg.

»Viele würden sich gerne so reinlegen lassen, Anatol. Aber ich habe doch noch etwas für dich …«

Er greift hinter sich und zieht einen Umschlag aus dem Regal, legt ihn auf seine Knie.

»Was ist da drin?«

»Der einzige Abzug, den wir nicht vernichtet haben, zur Sicherheit. Wir wussten nicht, ob du kommen würdest.«

»Wir?«

Eine zweite Kompanie?

»Willst du ihn vielleicht mir geben?«, fragt auf einmal Anne.

Ich ergreife ihn und lege ihn ins Feuer.

★

Hinter uns klatschen die Wellen ans Ufer. Anne und ich stehen am Geländer und schauen zur Villa hinüber. Im Erdgeschoss brennt noch immer Licht.

»Es war ihm ernst damit, dass wir bei ihm übernachten könnten …«

»Ich wäre wohl geblieben, Anatol. Angesichts der Kälte hier draußen.«

Sie reibt sich die Hände.

»Glaubst du, er besitzt weitere Abzüge?«, frage ich.

Sie zuckt mit den Schultern und blickt auf den unruhigen See hinaus.

»Wir werden es wohl nie erfahren.«

»Ein schlechter Tausch, Anne! Wir haben ihm den Film gegeben und er uns bloß einen Abzug.«

»Bist du sicher?«

»Wie meinst du das?«

Sie wendet mir das Gesicht zu und schaut mich lächelnd an.

»Er ist nicht dumm, Anne.«

»Wir sind es auch nicht.«

»In Psychospielchen können wir nicht mit ihm mithalten.«

Sie ergreift meine Hand und führt sie in ihre Manteltasche.

»Bist du dir immer noch sicher, Anatol?«

Ich spüre etwas Flaches, Metallenes.

»Das ist nicht wahr, Anne?«

Ich ziehe einen Stick heraus, den ich noch nie gesehen habe.

»Warum hast du nichts gesagt?«

Sie lächelt.

»Damit du ihm zitternd auch noch diesen Stick übergibst?«

Sie gibt mir einen Kuss.

»Lass es nun gut sein, Anatol. Wenn du in Ungarn bleiben willst, wirst du dich zukünftig wohl aus der Politik heraushalten müssen. Das ist der Preis.«

Sie lehnt den Kopf an meine Schulter.

»Und was wirst du machen zukünftig?«

»Heute oder generell?«

»Beides interessiert mich.«

»Ich würde jetzt gerne ein Zimmer suchen. Und was ich mit dem angebrochenen Leben sonst noch anstelle, können wir morgen besprechen.«

»Schau, Anne, jetzt ist das Licht ausgegangen!«, unterbreche ich sie.

Wir schauen beide zur Villa hinüber. In dem Moment geht im ersten Stock ein Licht an.

»Das Gästezimmer?«

Im Fenster ist ein Schatten zu sehen.

»War er das, Anne?«

Sie schaut mich fragend an.

»Hast du ihn nicht gesehen?«

Sie nimmt meine Hand.

»Wen meinst du, Anatol?«

Für Christina, Winnie und Cathy
sowie Marianne († 2017) und Walter Diggelmann

GLOSSAR

Borjúpaprikás: Kalbsragout

Centrál: Centrál Kávéház, Kaffeehaus in Pest

Egészségedre!: Gesundheit! Prost!

Ferencváros: Stadtteil von Budapest, nach dem auch ein Fußballverein benannt ist

Hungária: Name des heutigen Kaffeehauses New York zur Zeit des Sozialismus

Kádár, János: von 1956 bis 1988 Generalsekretär der ungarischen Kommunisten

Kosztolányi, Dezső: ungarischer Schriftsteller (1885–1936)

New York: New York Kávéház, Kaffeehaus in Pest

Oktogon: achteckiger Platz in Pest

Pálinka: Obstbrand

Pogácsa: Hefeteiggebäck

Puskas, Ferenc: berühmtester ungarischer Fußballspieler (1927–2006)

Szekszárd: ungarische Stadt und Weinbaugebiet

Szerb, Antal: ungarischer Schriftsteller (1901–45)

Szimpla: Szimpla Kertmozi, Bar in Pest

Trianon(vertrag): das Staatsgebiet Ungarns stark reduzierender Friedensvertrag (1920)

Túró Rudi: Schokoladenriegel mit Quarkfüllung, ursprünglich aus der Sowjetunion

Túrógombóc: Quarkknödel

Unicum: Kräuterlikör

Vörösbor: ungarisch ›Rotwein‹

Frank Zappa: nach dem Musiker benanntes Bistro in Pest

Pest: östlicher Teil von Budapest, das 1873 durch Fusion der Städte ›Buda‹ und ›Pest‹ entstanden ist